Dans la remise

Inés
BENAROYA

Dans la remise

ROMAN

J'AI LU

1

Anna se réveille en sursaut. En une fraction de seconde, ses tympans se tendent. Son souffle se rétrécit. Son cœur s'affole. Sous le drap léger, elle grelotte malgré la chaleur. Un bruit l'a arrachée au sommeil.

Elle écarquille les yeux sur l'obscurité. La silhouette familière des meubles émerge de la pénombre, l'armoire, la commode, le miroir au-dessus. La chambre flotte dans un halo cendré telle qu'elle l'a laissée il y a quelques heures, avant de s'endormir. La respiration sifflante de Bertrand trouble à peine le silence. Rien ne manque à l'appel, même si elle ouvre les yeux sans préavis.

La tranquillité apparente ne la rassure pas, au contraire. Impossible de penser qu'elle a rêvé. L'écho du bruit vibre encore, s'estompant peu à peu sans disparaître tout à fait. Son angoisse ne cesse de croître. On est venu la trouver alors qu'elle dormait. Elle reste sur le qui-vive.

Par les fenêtres ouvertes, le vent la fait tressaillir. Il faisait si chaud hier soir, ne fermons pas, a dit Bertrand en se couchant. À dormir fenêtres au vent, on s'expose à ce genre de désagrément. Mais Anna n'a pas contrarié Bertrand.

Voilà que ça recommence. Ça vient de dehors. Un bruit qu'on essaye d'amortir, une masse qui se déplace, frotte, un claquement de bois sec, plusieurs fois, un effort pour tendre ou tirer, une résistance assourdie.

Bertrand sursaute quand elle touche son épaule.

« Qu'est-ce qui se passe ? »

« Il y a un bruit, écoute… »

Au loin la rumeur de la ville, un moteur, un chien. Il reste quelques secondes en appui sur son avant-bras.

« Quel genre de bruit ? »

« Dans le jardin, comme si on voulait forcer quelque chose… Contre les murs de la maison… Ou la remise… »

Il attend encore puis se rallonge et l'attire contre lui.

« Je n'entends rien du tout. Tu as dû faire un cauchemar. C'est la chaleur… Essaie de te rendormir, il faut que tu te reposes. Demain, la journée ne va pas être facile... Tu as besoin de sommeil... Ma chérie... »

Bertrand a pris sa voix basse. Il caresse le dos d'Anna et souffle sur son front pour la rafraîchir, chut, tout va bien... Quelques minutes s'écoulent et sa respiration siffle de nouveau dans un rythme régulier. Anna, serrée contre lui, n'ose pas bouger. Le bruit reprend de plus belle. Elle ferme les yeux et tente de se calmer. Elle ne va pas encore déranger Bertrand. Tant pis. Elle se débrouillera toute seule avec ça.

*

Lorsqu'elle se réveille, des rais de lumière jaune filtrent à travers les persiennes rabattues. Bertrand est parti travailler depuis longtemps. Elle se sent reposée après ce surplus inaccoutumé de sommeil. Quel bonheur d'être couchée, un jour de semaine, sans horaire, sans rendez-vous. Quel délice cette lumière tiède avant la fournaise. Une nouvelle journée de canicule est annoncée mais pour l'instant, c'est parfait. Elle s'étire et se déplie au travers du lit. Il est presque neuf heures. Elle a une pensée brève pour le cabinet et les imagine, courant à droite à gauche, ordinateur sous le coude et café à la main, Pierre-Pol aboyant les consignes... La veille, pour prévenir, elle a téléphoné à Diane. Elle a dit, ma mère est morte dans la nuit. Sa voix a sonné faux, comme la blague dans le film, allô, bonjour madame, je ne pourrai pas venir à l'école parce que ma mère est morte. Elle a dû réprimer une envie de rire.

À l'autre bout du fil, Diane n'avait pas du tout envie de rire. Elle a pris un ton catastrophé, elle ne savait pas que sa mère était malade, ou bien était-ce un accident ? Anna l'a rassurée, non pas du tout, une mauvaise pneumonie, rien de grave, enfin, si l'on peut dire… Encore l'envie de rire. Un silence gêné s'est installé et, sans l'avoir prémédité, Anna a enchaîné, elle ne se sentait pas bien, elle allait prendre quelques jours. Il ne faudrait pas compter sur elle, elle rappellerait Pierre-Pol pour donner ses instructions sur les dossiers en cours. Elle a raccroché et dans le quart d'heure recevait une flopée de textos de condoléances de la part des autres avocats. Elle a fait une réponse générale puis, sidérée, s'est rendu compte qu'elle venait de s'offrir des vacances.

Elle se lève et descend dans la cuisine. Sur la table, un croissant, un kiwi et sa tasse avec un mot au dos d'une enveloppe. « Bon courage, ma belle Anna, je pense à toi. » Elle met l'eau à chauffer. La cuisine est baignée de soleil. Elle boit son thé devant les baies vitrées ouvertes. Du jardin s'élève tout un fourmillement de vie, bourdonnements, pépiements, odeurs vertes par bouffées. Au fond et lui faisant face, la remise. Elle se rappelle l'épisode de la nuit, le bruit étrange. Dans la lumière du jour, son inquiétude lui paraît dérisoire. Il suffira d'aller voir pour se rassurer.

Son téléphone vibre sur la table. Monique. Elle ne décroche pas. Elle sait très bien ce qu'elle lui veut, des détails du genre à quelle heure seras-tu à l'hôpital, il y a ci et ça à faire. Ne pas y penser, se donner un peu de temps, profiter de la matinée, glisser sur le beau jour... Elle boit quelques gorgées, les yeux dans le vert, mais comme assombrie par un nuage, la lumière semble baisser. Le charme se rompt. De nouveau la pesanteur ordinaire, les contraintes en boucle, gérer, anticiper, composer... Elle a une mauvaise pensée pour Monique. Tout ça, c'est sa faute.

Dix jours auparavant, Monique l'avait appelée. Ava venait d'être hospitalisée. Une pneumonie, avait-elle dit, tu devrais passer, ça fera plaisir à ta mère, elle n'est pas en forme. Le ton catastrophiste avait exaspéré Anna. Depuis le temps qu'on se connaît, avait continué Monique, je ne l'ai jamais vue comme ça... Anna avait coupé court, marmonné une promesse et raccroché. Faire plaisir à sa mère. Même si elle avait voulu, c'était hors de sa portée. Elle travaillait depuis des semaines sur un dossier compliqué et avait dû partir en province le lendemain pour plusieurs jours. Elle s'était laissée absorber par sa mission et quand elle s'était souvenue du coup de fil de Monique et de la pneumonie d'Ava, c'était trop tard, sa mère venait de mourir à l'Hôtel-Dieu.

Elle sort et marche pieds nus sur l'herbe. Le jardin bien ordonné est fleuri malgré l'été finissant. Elle frôle les arbustes, froisse des feuilles. Dans le ciel bleu pâle, des martinets tournoient en hauteur et poussent leurs cris joyeux. Elle vit ici avec Bertrand depuis plus de dix ans et l'étonnement d'y être si heureuse n'a pas faibli.

Anna s'approche de la remise. La petite bâtisse tombe en ruine. Quand ils ont acheté la maison, elle était déjà délabrée et ils l'ont laissée décrépir encore, ne s'en servant que pour stocker des vieilleries. Les murs couverts de salpêtre, les tuiles manquantes, la gouttière arrachée aux montants hérissés, la fissure lézardant la façade jusque sous la corniche où nichent des herbes folles, elle fait peine à voir. Dans le quart supérieur de la porte d'entrée, contre le jour vitré et ses deux baguettes en croix, les toiles d'araignée ont pris au piège des feuilles mortes et des cadavres d'insectes. À gauche, l'unique fenêtre, volets tirés. Pas de poignée sur la porte. On ne peut plus y entrer.

Enfin presque.

L'un des deux volets s'est défait de ses gonds tout en restant solidaire du second dans un équilibre précaire, ouvrant un passage étroit.

Elle se penche par la mince ouverture entre les volets. L'intérieur est plongé dans un demi-jour qui contraste avec la lumière du dehors. Il fait frais là-dedans, ce n'est pas désagréable si ce n'est l'odeur de moisi qui picote le nez. De l'obscurité se détache un bric-à-brac confus, les ombres grises des vélos posés contre le mur, un lampadaire oblique, des cartons pêle-mêle. Sur le vieux canapé au fond de la pièce, une couverture a été dépliée et recouvre une masse dont les plis et les replis suggèrent la forme d'un corps. D'ailleurs, un bras pend à l'extérieur, main dans le vide. Une petite main crasseuse. L'autre bras est replié en oreiller, sur lequel repose une touffe noire de cheveux. Au sol, un sac à dos décoré d'un Mickey.

Un enfant dort sur le canapé, allongé de tout son long, dans un relâchement total.

*

Anna reste quelques secondes à regarder à travers les volets puis se redresse, prenant garde à ne pas se faire repérer. Elle retourne vers la maison, rince sa tasse, débarrasse la table.

Un enfant dans la remise. Ça fait beaucoup, d'un coup. Elle passe la main sur son front. La canicule annoncée est en train de monter.

2

Anna s'engage dans la galerie nord de l'Hôtel-Dieu. Sous les arcades règne une ombre bienfaisante, l'endroit est frais malgré la température extérieure. Pour éviter de troubler le calme, elle pose ses pieds avec précaution sur les marches en pierre et sur le dallage, mais ses talons résonnent dans toute la cursive et contre le haut plafond. Elle se mettrait bien sur la pointe des pieds mais se sent ridicule et continue d'avancer, tâchant de ne pas s'inquiéter de l'écho de ses pas. La galerie doit bien faire cent mètres. Elle calcule. Si elle marche à trois kilomètres par heure, il s'écoulera environ deux minutes avant de parvenir à l'extrémité, soit, à raison de deux pas par seconde, cent vingt secondes rythmées par le claquement sur le sol. Elle cale sa cadence sur un air de scout qu'elle chantait enfant puis compte en deux. Une deux. Une deux.

L'architecture monastique de l'hôpital est impressionnante – les colonnades, les portes ouvragées, le jardin en contrebas. C'est magnifique, mais d'une vétusté stupéfiante. Les carreaux brisés n'ont pas été remplacés, la pierre est ternie et le bois des bancs, dévoré par les années. Un endroit sordide pour mourir.

Au bout de la galerie, l'entrée du service funéraire. Le métal de la poignée est chaud, les bactéries doivent s'en donner à cœur joie. Elle pénètre dans le hall humide, assombri par les boiseries et les vitraux, emprunte l'escalier de marbre. Ça ressemble à tout sauf à un hôpital.

Derrière le comptoir d'accueil, deux très jeunes aides-soignantes discutent avec animation. Il est question de planning et de récupération, elles ne sont pas d'accord, le ton monte. Elles ne manifestent aucun intérêt pour Anna, qui finit par s'annoncer :

« Bonjour, je suis la fille de Mme Strauweiss. Je viens suite à son décès, récupérer ses affaires, signer les formulaires. Par où dois-je aller ? »

Interrompant sa conversation à contrecœur, l'une des filles cherche dans une pile de papiers.

« Quel nom vous avez dit ? Strau quoi ? Attendez voir... Oui, Strauweiss, c'est ça, on l'a transférée hier, une pneumonie foudroyante... Vous êtes de la famille ? »

Elle fourrage dans les dossiers tandis que sa collègue profite de la diversion pour continuer à défendre ses droits.

« Je viens de vous le dire... Je suis sa fille. »

La chamaillerie se stoppe net.

« Sa fille ? »

Regards perplexes.

« Ben ça, on ne se doutait pas qu'elle avait des enfants... »

Anna attend, une imperceptible lueur de défi dans les yeux. Un problème ?

« Ben... C'est-à-dire que vous n'êtes pas... Il y a eu beaucoup de visites, mais... On avait pensé que... »

L'infirmière bafouille, s'emmêle, cherche du regard l'autre qui enfin muette s'est absorbée dans la lecture d'un formulaire.

Anna reste impassible, tout entière retournée vers la vague de colère qu'elle sent monter en elle. Il lui semble que ces deux sottes sans nom ni visage lui sont envoyées dans un but précis, pour qu'enfin sa colère puisse se déployer, une colère jusque-là soustraite, confinée, une bête traquée qui aurait attendu son heure pour réclamer son dû, j'ai faim, dit la colère, j'ai soif, donne-moi de quoi me rassasier, donne-moi ces deux filles qui te regardent comme si tu étais une dingue, je pourrais les gifler, les frapper, arracher leurs cheveux, crever leurs yeux, les saigner.

Elle se sent mal d'un coup et se laisse tomber sur une chaise accrochée au mur, faisant tressauter une dame assise plus loin, solidaire du plastique thermoformé. D'où vient cet accès de rage, cette colère soudaine, contiens-toi voyons, c'est quoi cette histoire, personne ne va comprendre, c'est toujours la même chose avec toi. Cache-moi cette colère, range-la, interdis-lui la parole, qu'elle se taise. Sous l'effort, son regard se vide. Murée et livide, elle se tient sur sa chaise, face aux deux aides-soignantes qui ont bondi de leur comptoir et se sont accroupies.

« Ça va, madame ? Vous voulez vous allonger ? On appelle un médecin ? »

« Non, ça va aller, un malaise, la chaleur… »

« Un verre d'eau ? Va chercher de quoi boire ! »

Elles se bousculent vers la fontaine à eau.

Anna ferme les yeux, voudrait reprendre ses esprits, mais sous ses paupières closes, s'invitent la lumière du jardin dans le matin, le clair-obscur de la remise, le renflement sous la couverture, la petite main ballante… Des images dépourvues de sens. Irritantes. L'exaspération la saisit de nouveau. Toutes ces contrariétés, ces imprévus, et ces démarches administratives qui prennent un temps… Elle se lève :

« Dites-moi où aller s'il vous plaît, je suis assez pressée en fait… »

On lui donne le numéro de la chambre qu'a occupée Ava, il y a des affaires à récupérer, puis il faudra remplir et signer ces papiers… Anna s'éloigne dans le couloir, sentant les regards dans son dos. En marchant, elle desserre les poings et remue ses doigts raidis. Elle a mal. Elle tâte ses paumes, ça poisse. Ses ongles viennent de creuser dans sa chair des entailles de sang. Au creux de chaque main, quatre petites encoches. Là où s'est gravée sa colère.

*

La porte de la chambre est ouverte, elle glisse la tête dans l'entrebâillement. Monique est là, qui range des vêtements dans une valise posée sur le lit. C'est sale, une valise sur un lit – même si celui-là, un matelas en plastique brunâtre, en a vu d'autres. Au mur pend un attirail de fils et de capteurs. Monique porte les cheveux courts et roux. Un pan de sa chemise sort de sa jupe. Elle se tient voûtée. Elle a l'air vieille. Depuis combien de temps ne se sont-elles pas vues ?

L'histoire de la rencontre entre Monique et Ava appartient à la mythologie familiale. Elle lui a été ressassée maintes fois. Octobre 1966, quelques mois après le départ de son père. Johnny Hallyday à l'Olympia. En première partie, Jimi Hendrix, un inconnu. La foule en délire. La cohue, les bousculades qui dégénèrent, les flics qui jettent les spectateurs dans la rue comme des malpropres, Monique projetée contre Ava, les voilà qui hurlent après la flicaille qui ne respecte rien pas même les artistes, et c'est parti à la vie à la mort, un coup de foudre, une évidence, quelqu'un qu'on reconnaît alors qu'on ne s'est jamais vu.

Tu parles.

Elle entre et referme la porte, faisant sursauter Monique. Des larmes ont maculé les carreaux de ses lunettes, comment fait-elle pour y voir ?

« Ah. Tu es déjà là. »

Son ton est plus sec qu'elle ne le voudrait.

Monique s'immobilise, un vêtement à la main.

« Anna, enfin… Avant toute chose, dis-moi, tu as bien reçu mes messages ? Je t'en ai laissé plusieurs, quand les médecins ont dit que c'était sérieux… »

« Oui, j'ai eu tes messages. »

« Tant mieux, j'ai eu peur de ne pas avoir le bon numéro, je ne savais pas quoi penser… Je suis soulagée… Mais alors… Tu n'es pas venue… »

« J'étais en déplacement. »

« Elle t'a réclamée, tu sais… »

Les mains d'Anna brûlent. D'où lui vient cette envie de gifler tout le monde aujourd'hui ?

Elle s'approche du lit. Le linoléum s'enfonce sous ses pieds, une résistance molle et grasse.

Elle attrape un pull et le plie dans la valise. Elle le reconnaît, vaguement.

« Tu en as pour longtemps ? »

Toujours cette voix cassante.

Les deux femmes se font face, de part et d'autre du lit. Dans le couloir, une alarme se déclenche. Puis une cavalcade de pas. On s'agite.

Monique attrape une pile de vêtements qu'elle fourre en vrac dans la valise.

« Toujours pressée, hein ? Je me dépêche, ne t'inquiète pas, j'en ai pour une minute. »

Elle referme la valise d'un coup sec et la pousse avec brutalité. La valise tombe aux pieds d'Anna, sans un bruit – c'est la résine du lino. Les bips se sont tus.

Anna se penche et repose la valise sur le lit.

« Tu peux garder les affaires, je ne suis pas venue pour ça. J'ai les papiers à signer. Les infirmières me les ont donnés. Qu'y a-t-il d'autre à faire ? »

Monique saisit la valise et la fait pivoter vers elle. La poignée est collante. Elle regarde. Du sang.

« Tu t'es blessée ? »

Elle s'avance vers Anna qui esquisse un retrait. Ne me touche pas.

« Montre-moi ta main. »

Elle a parlé d'un ton ferme, une injonction, elle a dit, montre-moi. Il faut obéir. C'est l'ordre des choses, les mères savent quoi faire quand les enfants sont blessés. La voix de Monique surgit de l'enfance. Monique à Noël, Monique aux anniversaires, Monique baby-sitter si Ava travaillait le soir, et même Monique certains matins – tu comprends, Anna, on a parlé trop tard pour qu'elle rentre chez elle. Monique la sentinelle, l'âme sœur, le gardien de la paix. Sa mère n'avait jamais manqué d'imagination pour qualifier leur relation. Elles avaient formé une paire exclusive d'adultes, mystérieuse et hostile, une chasse gardée reléguant Anna du côté des contingences.

Elle retourne ses mains et découvre ses paumes meurtries.

« Mais comment tu t'es fait ça ? »

D'un coup plus rien ne compte. Monique va mouiller une serviette dans la minuscule salle de bains et la force à s'asseoir sur le rebord du lit, faisant crisser le plastique. Elle tapote les blessures, non mais où es-tu allée te faire une chose pareille... Sa voix berce Anna, pourquoi est-ce si doux à entendre ? L'odeur de Monique, familière, se mêle aux relents d'antiseptique.

« Je sais que tu ne m'aimes pas, toutes ces années je l'ai su, je ne suis pas idiote. Je sais aussi que tu étais en colère contre Ava. Les enfants sont souvent ingrats, ils ne comprennent pas. Ce n'était pas simple pour elle. Sa propre mère, Tina, ta grand-mère, n'a jamais su s'y prendre. L'enfance de ta mère à Istanbul, c'était comme grandir en prison… Et quand elles se sont installées à Paris, Ava est tombée enceinte de toi, elle avait vingt ans, rends-toi compte, mariée et mère à vingt ans. Ton père… Tu étais trop petite pour t'en souvenir, il vous a quittées… Ça n'a jamais été facile pour ta mère. Après sont venues les foutues années soixante-dix, trop de libertés d'un coup, trop de possibilités, on ne savait plus où donner de la tête, on ne pouvait plus se laisser enfermer… Tu dois comprendre, tu es adulte maintenant. »

La litanie glisse sur Anna. La musique est douce, mais les paroles ineptes. C'est toujours la même rengaine. Il n'y a rien à apprendre ni à espérer. Le jour où elle a été envoyée en pension, à l'âge de neuf ans, elle a compris cette leçon.

La petite Anna en pension. Qui, de sa mère ou de Monique, avait eu l'idée ? En tout cas, Monique avait réussi là où elle avait échoué : Monique restait auprès d'Ava tandis qu'on se débarrassait d'elle, chez les sœurs, à deux cents kilomètres de Paris.

« Si tu veux, je peux prendre en charge l'enterrement de ta mère, si c'est trop difficile pour toi ou si tu n'as pas le temps, avec ton travail. Je veux bien le faire, Ava m'a parlé avant de… »

Monique se laisse déborder par les larmes, sans pouvoir articuler davantage, le corps secoué par les sanglots.

« C'est d'accord. Occupe-toi de tout, elle aurait préféré que ce soit toi et moi je ne saurais pas comment faire. Tiens-moi juste au courant de la date. »

Monique se mouche dans la serviette tachée du sang d'Anna et relève la tête. Le chagrin est passé. Bon, allons-y, il y a encore un tas de choses à régler. Elle se recoiffe, rentre sa chemise dans sa jupe et lisse les plis. Le temps d'une seconde, elle a ce minuscule mouvement qu'Anna lui connaît, la tête qui pivote et se redresse dans le même élan, un geste insignifiant qui accompagne ses victoires.

*

Anna sort de l'hôpital, essoufflée d'avoir marché si vite dans les couloirs. Elle débouche sur le parvis de Notre-Dame, c'est la fin d'après-midi, la lumière étire les ombres. La vaste place est bondée de touristes en grappes, posant pour les photos. Le sol sablonneux poudroie dans les rayons du soleil et distille une atmosphère de carte postale. En arrière-plan, grimaçante, l'énormité de la cathédrale. Dans cette lumière, on dirait du carton-pâte. Anna se laisse traverser par le flux, c'est si bon de retrouver la face éclairée des choses, oublier le matelas et l'odeur de mort, fuir les images insidieuses – Ava sur son lit, Ava branchée aux fils, Ava réclamant sa fille. Quelles avaient pu être ses paroles – mais l'avait-elle vraiment réclamée ?

Elle téléphone à Bertrand et l'attend à une terrasse de café. Tant de consonances étranges, de sourires, la gaieté contagieuse d'être à Paris, se sentir dérisoire face au poids de l'histoire, ça fait réfléchir un voyage à Paris, qui est-on face à tout ça ? Puis Bertrand est là et c'est encore plus gai. Elle raconte Monique, les larmes sans retenue, la proposition qu'elle a acceptée. Bertrand passe son bras autour de ses épaules. Ils se tiennent comme des amoureux dans le Paris des touristes, du bon côté de la vie. Il y aura assez d'air, assez d'espace – enfin. Puis ils disent, marchons, allons au cinéma, et choisissent la première séance qui commence. Ils savent comment faire pour être bien, tous les deux, sans effort.

En se couchant dans la chambre chaude aux fenêtres grandes ouvertes, Anna repense à l'enfant dans la remise. Elle n'est pas allée voir en rentrant et n'a pas pensé à en parler à Bertrand. Maintenant ? Il caresse ses épaules nues en chuchotant. Non, ça n'est pas le moment.

3

Au cœur de la nuit, Anna est de nouveau réveillée par l'enfant, ainsi que chacune des nuits suivantes. Il arrive aux premières heures du matin lorsque l'obscurité est la plus profonde. Elle l'entend se faufiler dans la remise, puis plus rien. Nuit après nuit, le va-et-vient l'effraie moins, peut-être a-t-il trouvé comment faire pour ne pas déranger, peut-être s'habitue-t-elle. Le matin, elle va voir. S'il est là, il dort sur le canapé, affalé ou bien en boule, lui tournant le dos, le visage enfoui dans les coussins défraîchis. Il doit avoir huit, dix ans, pour autant qu'Anna puisse en juger – elle n'est pas calée en âge d'enfant. Il porte des vêtements poussiéreux, un jean zébré de noir, un tee-shirt trop grand pour lui. Elle l'observe à travers les volets puis elle quitte la maison, affairée par tant de choses. Quand elle rentre en fin de journée, la remise vide, l'enfant évanoui et le canapé froissé laissent Anna dans le plus grand désarroi.

Cette semaine-là, la chaleur est accablante. Les commentateurs accentuent le malaise répétant à l'envi que jamais fin août n'ont été relevées de telles températures, tous les records sont battus. Qu'arrive-t-il au monde ? La question est posée sans qu'on puisse y répondre, on voudrait que les choses soient plus logiques et que s'amorce la pente vers l'automne, mais tout est à l'envers cette année et on se croirait au cœur de l'été. Un soir, avant de se coucher, Anna dépose une bouteille d'eau près de la remise, dans l'herbe. À tout hasard. Le lendemain, la bouteille a été vidée.

Cette semaine-là, alors que se prépare l'enterrement de sa mère, Anna a le sentiment étrange que les éléments autour d'elle perdent en densité. Le sol sous ses pieds, les meubles et la pierre de sa maison et même son propre corps, tout semble ramollir comme le lino de l'Hôtel-Dieu. Est-ce la chaleur qui fait fondre la structure, entraînant les atomes à relâcher leur emprise ? Partout se créent de tout petits interstices dans lesquels se niche trois fois rien d'inattendu, et voilà que les trajectoires se déroutent, et voilà que l'armature du monde se déforme. Anna subit cette altération avec une grande contrariété, elle qui a toujours œuvré pour améliorer l'ordonnancement bancal des choses. D'un coup, tout est bouleversé. Ces journées sans queue ni tête. Ces secondes longues comme des jours tandis que les heures filent sans crier gare. Des années de travail et de vigilance réduites à néant en un claquement de doigts.

Mais son plus grand étonnement vient de ce qu'elle ne dit rien à Bertrand de l'enfant dans la remise. Au début, elle ne pense pas à en parler, parce qu'elle-même oublie l'existence de l'enfant. Entre les appels de Monique et les courriers de condoléances auxquels il faut répondre, elle ne sait plus où donner de la tête. Puis elle se souvient, elle doit avertir Bertrand. Après tout, on ne sait pas d'où il vient, cet enfant. Ça pourrait leur attirer des ennuis. Mais les jours passent et il est de plus en plus difficile de parler. Il demandera quand ça a commencé et elle sera bien embêtée de devoir expliquer pourquoi elle a tant tardé. Un soir, alors qu'ils sont tranquilles, l'instant lui paraît propice. Elle laisse son livre et va près de Bertrand, sur le canapé. Elle se pelotonne, jambes repliées, pose la tête sur son épaule. Il lève les yeux de son ordinateur qu'il a sur les genoux et lui sourit. Il porte ses lunettes de travail et une ride profonde barre son front. Il travaille dur, ce soir comme chaque soir. Il est si fier de développer son affaire, créer des emplois, être entrepreneur. Il l'embrasse à la racine des cheveux, tu es fatiguée, mon ange ? Va te coucher, ne m'attends pas, j'en ai encore pour une heure. Il se replonge dans son tableau de chiffres et elle n'a pas le cœur à l'ennuyer avec cet enfant dont il n'a sans doute que faire. Il a son lot de soucis et elle le sollicite déjà beaucoup avec la mort d'Ava. Elle reste quelques minutes, bercée par le cliquetis des doigts sur le clavier et le ronronnement du lave-vaisselle au loin. A-t-elle vraiment besoin de Bertrand pour gérer cette histoire qui va peut-être prendre fin comme elle a commencé ? Inutile d'en faire tout un plat.

Quelques jours après l'arrivée de l'enfant, elle laisse la télévision allumée une bonne partie de la journée. Elle attend une annonce, un avis de recherche, quelque chose. Un enfant qui manque, ça se remarque. Quelqu'un va le réclamer, alerter la police. Elle va pouvoir leur dire, il est ici, je m'en suis occupée, je lui ai donné de l'eau, un toit pour se reposer. Un enfant, il a quelqu'un qui s'inquiète, s'il ne rentre pas après l'école... Va-t-il seulement à l'école ?

Les informations ont tourné en boucle à la radio comme à la télévision et personne n'a rien réclamé. Il a dû fuguer, pense-t-elle, la crise de l'adolescence, ces choses-là ne durent pas, il finira par rentrer chez lui. Elle pense, c'est un romanichel – dit-on toujours comme ça ? – un sans-papiers, un orphelin placé dans une famille négligente, un cas social. Elle pense, s'il est venu jusqu'ici, il saura en repartir.

Elle pense, arrête d'y penser. On verra bien.

4

Un soir de janvier 1995, alors qu'il prenait un verre au bar du Poisson Rouge, Bertrand Boismorel avait déjà trop bu quand il vit une femme fendre la foule et se diriger vers leur petit groupe, tenant sa bière bien haute au-dessus de sa tête et jouant des épaules comme un cowboy – des manières qui contrastaient avec son tailleur-pantalon et ses talons.

Il vivait à Manhattan depuis cinq ans et travaillait pour une grande banque française qui embauchait à tour de bras des ingénieurs – c'était la grande mode. L'aventure lui avait réussi. Il était propriétaire d'un loft dans TriBeCa, ne se déplaçait qu'en taxi, portait des costumes sur mesure, buvait plus que de raison et sortait de temps en temps avec des filles dont il ne tombait pas amoureux. La quarantaine approchait et il menait une vie très éloignée des clichés normés des Boismorel. Pas de dîners mondains, pas de jolie femme à la maison l'attendant le soir pour dîner, pas de marmots fréquentant les écoles privées.

La fille avait connu Tim à l'université de Columbia. Ils se donnèrent un *hug* amical et quand ils se mirent à bavarder debout autour de la table haute jonchée de verres, il entendit par-dessus le brouhaha son accent français. Il n'avait pas parlé français depuis des mois. Elle était grande et fine, avec de longs cheveux bruns qui tombaient en baguette dans le dos.

Il s'approcha et dit en français :

« Bonjour, tu es française ? »

« Oui. Vous aussi ? »

« Oui, moi aussi… À New York pour le boulot ? »

En guise de réponse, elle lui sourit et reprit sa conversation avec Tim qui parlait très fort, les joues rougies par la chaleur, riant à chacune des réponses de la fille. Il en fait trop, pensa Bertrand, il la drague et va se planter. Elle se tenait un peu en retrait, avec la raideur polie des femmes françaises. Elle l'avait vouvoyé. Son visage pourtant jeune ne portait pas la moindre trace d'enfance – pommettes hautes et osseuses, joues un peu creusées, long nez fin et de grands yeux noirs, allongés, disproportionnés. Elle ne montrait aucun intérêt pour Bertrand. L'heure du dîner était passée et irrité par l'ambiance surchauffée du bar, il pensa à partir.

Si Tim va chercher à boire dans les trente secondes, je reste.

À cet instant, Tim saisit le verre vide de la fille et se dirigea vers le bar en se faufilant à travers la cohue.

« On y va ? »

Il avait proposé comme ça, sans réfléchir, une impulsion. Pourtant, Bertrand n'était pas joueur. La fille le dévisagea, surprise. Elle n'était pas son style, si tant est qu'il en ait un. Au fond, Bertrand n'aimait pas les femmes. Il savait faire sans, du moins sur le plan affectif – l'affection, il n'en avait pas beaucoup reçu, et si un temps, enfant, il s'était jugé mal aimé, à présent il s'en accommodait. Quand elles débarquaient dans sa vie, les femmes voulaient toujours y greffer leurs habitudes, modifier ceci ou cela, au prétexte qu'il était trop comme ci, ou pas assez comme ça, qu'il faut bien *évoluer*. Des intentions qu'il jugeait déplacées. Pourquoi changer ? Il était attaché à ses propres valeurs et à ses objectifs – sa liberté sur laquelle il aimait théoriser, un certain confort matériel, signe de sa réussite et dans la droite ligne des habitudes familiales, la stabilité, sa carrière et ce qu'il appelait plus globalement son hygiène de vie, un subtil équilibre entre travail, sport et alcool.

La fille avait un drôle d'air, un regard pierreux au premier abord, mais juste en dessous, une certaine perméabilité. Un mille-feuille alternant mépris, hésitation, vulnérabilité. Un mélange complexe qui excitait sa curiosité.

Il insista :

« On y va ? »

Contre toute attente, elle acquiesça.

« On y va. »

Ils sortirent dans la nuit glaciale. Il connaissait un restaurant pas loin, à deux blocs. Ils marchèrent tête baissée pour lutter contre le blizzard qui s'engouffrait dans l'avenue. On leur donna une table calme malgré la salle bondée, Bertrand était un habitué. Une fois la commande passée, il continua à boire bien qu'il ait dépassé ses limites depuis longtemps. À la lumière du restaurant, la fille était jolie, une allure sobre. Pas maquillée. Un seul bijou autour du cou, une chaîne fine avec une petite croix en or, sertie d'une pierre rouge en son centre. Elle restait silencieuse. Pourquoi était-elle venue ?

« Si tu voulais passer une soirée *normale*, tu aurais peut-être dû rester avec Tim… Je ne crois pas être quelqu'un de recommandable, même si je me donne du mal. Je ne suis qu'un ours qui travaille comme une brute le jour et boit comme un Polonais la nuit. Je n'ai pas grand-chose à raconter ni à donner, je suis un sauvage, enfin, d'après ce qui se dit… »

Pas de réaction. Un léger sourire peut-être. Elle avait posé les coudes sur la table et joint ses mains sous son menton. Pas trop en arrière. Gracieuse, elle attendait. Toujours ce regard, une eau sombre et enveloppante. Cette impénétrabilité échauffait Bertrand, elle contenait un élément mystérieux, une donnée qui lui échappait et qu'il voulait saisir, sans qu'il comprît pourquoi.

« Je vais bientôt avoir quarante ans et il paraît que je suis incasable. Incapable de grandir, de devenir adulte... Incapable de m'engager. Ça, c'est ce que disent les filles, parce qu'au bureau, si tu interroges mon patron, ce sera autre chose. J'ai même été nommé trois ans de suite *manager of the year*... Mais au fond... Je m'en fous. »

On apporta les assiettes. Elle avait commandé un *sirloin steak*, une portion d'au moins deux cents grammes très saignante sur laquelle elle se jeta avec voracité. Entre deux bouchées, elle lui lançait des sourires brefs, et il crut y lire comme une incitation à continuer.

« Je plais aux femmes, bien que je ne sois pas vraiment un séducteur. Regarde-moi : pas trop vilain, de bonnes manières à la française, sportif... Et je gagne très, très bien ma vie – ce qui ne gâche rien... Les premiers jours, voire les premières semaines, c'est toujours sympa. L'insouciance des premiers moments, le rire facile... Le problème, c'est dans la durée... »

Elle dévorait tandis que son plat à lui se figeait dans la sauce. Il se resservit du vin. Elle se taisait, mais il ne sentait aucune réprobation dans son silence. C'était un silence patient, plein. Il continua à parler – cela ne lui ressemblait pas, mais se laisser aller aux confidences lui procurait un surprenant soulagement.

« Dès qu'une femme tombe amoureuse de moi, c'est fini… Je ne comprends rien à la chimie de l'amour, comment fait-on pour aimer, être aimé… Pour s'abandonner au point d'offrir à l'autre sa liberté, pour s'oublier au nom du couple ? Rendre des comptes, exiger en retour… Je me sens en amour comme au tribunal, l'amour des femmes est si exigeant… »

Après avoir fini son steak, elle reposa ses couverts avec soin, essuya les coins de sa bouche et replaça ses coudes sur la table. Sans un mot. La situation lui parut soudain ridicule. Il allait au mur, c'était évident. Que cherchait-il auprès de cette fille mutique ? Il eut envie de partir. Manhattan est immense, aucune chance de retomber sur elle. Et pourtant, il s'obstina, avec à l'esprit l'image d'une voiture de sport, semblable à celles qui dormaient dans son garage, lancée dans une nuit très sombre.

« C'est comme cette idée fixe qu'elles ont toutes, fonder une famille, faire des enfants – je dis "elles", mais c'est toute l'humanité qui semble atteinte de ce besoin irrépressible de se reproduire. Et moi, dans cette histoire, je dois être une erreur de la nature, une sorte de mutant parce que les enfants, la famille… ça me fait horreur. Je suis sans doute annonciateur de la fin de l'espèce. Pas besoin de m'allonger sur un divan pour comprendre d'où ça vient. Mon père, militaire de carrière, confondait maison et garnison. Un sale type, bouffé par la frustration d'avoir perdu sa particule, un caprice de l'état civil, un greffier négligent… La branche roturière de la famille… Une déchéance insurmontable. Heureusement, il n'est plus de ce monde. Ma mère a encaissé pendant des années, pour tout plaquer à la mort de mon père. Elle vit maintenant quelque part au Burkina Faso, une sorte de Mère Teresa. Et ma sœur… *Not a piece of cake either*… Sans oublier le fardeau des Boismorel, des générations de grands hommes qui remontent aux rois de France, des siècles de prétention et de sottise… Alors la famille, les enfants… Cette comédie humaine s'arrêtera avec moi… Pas de petit Boismorel, non merci. Pas de transmission – pour transmettre quoi, on se demande… Tu aurais dû rester avec Tim, je t'avais prévenue… »

Sa voix s'éraillа. Une immense fatigue s'abattit sur ses épaules, doublée d'une lucidité brutale. Pathétique, misérable. Il prit sa tête entre ses mains et ferma les yeux. Faites qu'elle parte à présent, qu'elle se lève, quitte le restaurant et que je ne croise plus son regard de corbeau… Il se sentit submergé par l'environnement qui enflait autour de lui, le tintement des verres, les fragments de rires, le frottement des chaussures cirées contre la moquette épaisse, tout ce tintamarre qui se moquait de sa détresse. Puis claire, posée, quasi chantante, s'éleva la voix de la fille, une flûte au-dessus du vacarme :

« Je m'appelle Anna Ottman, je suis sans famille et moi non plus, je ne veux pas d'enfant. »

*

Sur le trottoir devant le restaurant, dans le froid mordant, ils échangèrent un premier baiser. Sous l'épais manteau, Bertrand serra le corps frêle d'Anna et, malgré l'alcool qui brouillait ses pensées, il s'étonna du peu de résistance qu'elle mettait à l'étreinte. Elle se laissait embrasser sans réserve, et même insufflait au baiser une fougue imprévisible, impétueuse. Déclenchant chez Bertrand un sentiment inédit de virilité. Cette femme-là ne le jugeait pas. Il l'embrassa longtemps, ému par son abandon et débordé par le désir de la protéger. Il pensa au roseau de la fable. Il serait l'homme fort de ce couple, le chêne.

*

Elle n'était à New York que pour trois mois. En mars, elle rentra à Paris où elle vivait seule dans un appartement près du parc Montsouris – loin de celui qu'Ava avait repris à la mort de sa mère Tina, rue de Maubeuge. Elle expérimenta pour la première fois le manque amoureux. Cet homme était porteur d'une promesse inespérée. Il était la preuve qu'elle pouvait être aimée. Elle n'avait jamais pensé accéder à une telle normalité et n'y renoncerait à aucun prix.

À New York, Bertrand vécut avec la même difficulté le départ d'Anna. Cette rencontre lui permettait d'envisager une autre option, se rapprochant d'un modèle plus classique qui finalement ne lui déplaisait plus – peut-être était-ce l'âge. Il reconnaissait chez Anna la même aversion pour le monde. Il pourrait juste être là, sans éclat ni gloire, cela paraissait lui suffire. Il n'avait jamais pensé accéder à une telle normalité et n'y renoncerait à aucun prix.

Il demanda sa mutation qui lui fut accordée pour l'automne. Ils se retrouvèrent à Paris, neuf mois après la soirée au Poisson Rouge et décidèrent de se marier un soir de décembre. Anna suggéra une simple cérémonie civile, à la mairie de quartier. Les années chez les sœurs avaient eu raison de son goût pour les bondieuseries. D'ordinaire, chez les Boismorel, les mariages se célébraient dans la chapelle familiale en Mayenne, mais Bertrand accepta la proposition d'Anna. Ce serait un pied de nez à tous les Boismorel, une bonne occasion de marquer sa singularité, et tant mieux si son capitaine de père se retournait dans sa tombe. Leur mariage fut prononcé un jour de semaine, et le pacte scellé. Ils n'auraient pas d'enfant et s'aimeraient pour toujours.

Bertrand souhaitait vivre au vert. Anna n'avait d'autre désir que d'accéder à ses souhaits. Au printemps suivant, ils rachetèrent à un oncle de Bertrand une maison en banlieue parisienne, avec un grand jardin et une remise au fond.

Une très bonne affaire, avait dit Bertrand.

5

« Nous sommes réunis ce jour pour célébrer le souvenir d'Ava Strauweiss, née en 1940 à Istanbul de mère et père juifs et qui incarne par son histoire la destinée de son peuple dans une époque et une Europe devenues folles… »

*

Monique avait dit quatorze heures précises rue Émile-Richard, carré Est, mais quand ils se précipitent dans l'allée du cimetière Montparnasse, Anna et Bertrand ont presque trente minutes de retard. Ce n'est pourtant pas de la négligence. Ils ont prévu large, une heure pour faire le trajet, mais ils ont manqué de chance.

Pas une âme qui vive dans la rue Émile-Richard. Évidemment, on ne les a pas attendus. À un gardien avachi sous la guérite de l'entrée, ils demandent leur chemin. Il tient à la main un petit ventilateur à piles qui vrombit comme un essaim d'abeilles, son gros ventre posé sur ses genoux, et, peut-être parce qu'il saisit le regard moqueur du couple, il les oriente vers un enterrement qui n'est pas le bon. Le temps de s'en rendre compte, un autre quart d'heure s'écoule. Ils courent dans les allées accablées de soleil. Puis, alors qu'ils se sont abrités à l'ombre d'un marronnier, l'enterrement d'Ava est là, de l'autre côté de l'allée. Ils sont en sueur et attendent quelques minutes avant de traverser.

L'assemblée est plus nombreuse que ce qu'Anna aurait imaginé. Une cinquantaine de personnes environ, immobiles et recueillies, qui écoutent le discours d'un homme faisant face à l'auditoire. Elle balaye du regard la foule et reconnaît quelques amies d'Ava, chaussées de lunettes noires, certaines tenant un mouchoir contre la bouche. Elle repère aussi deux ou trois amants de sa mère qui ont émaillé son enfance. Quarante ans après, ils sont devenus des grands-pères ventrus et chauves – inoffensifs. La plupart des visages lui sont cependant inconnus, des gens âgés mais aussi des jeunes, des femmes élégantes, des hommes en costume, toute une diversité d'humanité rassemblée ici pour Ava. Elle jette un œil à Bertrand, qui regarde droit devant avec un air de circonstance. Il sait se tenir dans ce genre de situation. Il connaît les codes, il a reçu l'éducation adéquate, tandis qu'elle, aux funérailles de sa propre mère, joue aux devinettes. Qui sont ces gens ? Comment sont-ils arrivés dans la vie d'Ava ? L'ont-ils aimée ? Comment a-t-elle su plaire, attirer, retenir auprès d'elle, comment ces relations, ces amitiés, ces amours ont-elles pu se tisser *à son insu* ? Du plus profond s'élève la voix railleuse de la jalousie. Dis-moi, Anna, quand ce sera ton jour, combien seront-ils à te pleurer, comme aujourd'hui ils pleurent Ava ?

Et son père, est-il là ? Saurait-elle le reconnaître, comme ça, d'instinct ? Est-ce celui-là, qui tripote sans cesse quelque chose dans sa poche ? Ou bien celui-ci, qui gratte derrière ses oreilles avec nervosité ? Se trouve-t-il par hasard tout près d'elle, pourrait-elle toucher son dos, caresser le tissu de sa veste ? Quand il les a quittées, elle était âgée de six ans et ne conserve aucun souvenir de lui, si ce n'est la vague impression d'une silhouette à laquelle elle a tenu la main, un jour, à la campagne ou dans un square. Des années plus tard, quand Bertrand a posé des questions auxquelles elle ne savait répondre, elle avait questionné Ava. Il n'y avait rien à dire, les hommes quittent les femmes quand ils en ont assez, c'était tout. Son père était reparti vivre à Boston d'où il était originaire. Voilà. Pour clore le sujet, elle lui avait donné une Photomaton trouée de deux œillets cuivrés – c'était la seule photo qui restait, il faudrait qu'elle s'en satisfasse. On y distinguait un visage fin et de grands yeux noirs comme les siens. Devant l'attitude peu collaborative de sa mère, Anna avait laissé tomber, encouragée par Bertrand qui, pour la rassurer, lui répétait que ça n'avait pas d'importance. Aujourd'hui, elle espère qu'il est là et qu'il la voit, avec Bertrand. Il n'a pas besoin de se manifester. L'imaginer près d'elle lui suffit, elle a toujours vécu ainsi.

Elle n'arrive pas à se concentrer sur le discours. L'homme qui parle lâche ses mots les uns après les autres, avec lenteur et précision, laissant se dilater entre chaque phrase un silence suspendu que la rumeur de la ville ne parvient pas à alléger. Elle essaie d'écouter, se tord le cou pour mieux voir. Les têtes hautes la gênent. Elle attrape la main de Bertrand et avance dans la foule. C'est sa mère après tout. Devant, il y a Monique, tenant par la main une fillette en larmes qu'Anna n'a jamais rencontrée. La meilleure place pour Monique, comme d'habitude. Elles se tiennent à côté d'une table recouverte d'un drap de velours brodé d'argent, derrière laquelle l'homme discourt. Sur sa tête et sur les épaules, une kippa et un talith. C'est un rabbin.

Anna saisit Bertrand par le bras :

« Je rêve ou ils nous font un enterrement juif ? »

« Regarde les tombes autour de nous… On est dans le carré juif du cimetière… »

« Un enterrement juif pour *elle* ? C'est une plaisanterie ! »

Anna a haussé le ton, quelques personnes se retournent. Elle continue, trop fort :

« Une mascarade. Il faut que je me mette à l'ombre, ou qu'on parte. »

« Du calme, on vient juste d'arriver. On reste encore un peu, on ira se mettre au frais après, promis… »

La voix posée de Bertrand l'apaise. Elle passe son bras sous le sien et s'y tient comme à une rambarde. Que pouvait-elle attendre de cet enterrement ? Elle a depuis longtemps fait le deuil de sa mère, tout ceci n'est que pure formalité. Un peu de chair et de sang à mettre sous terre, rien de plus.

Mais le coup du rabbin, tout de même.

L'homme a fini son discours et la foule se dirige à petits pas vers la tombe, un trou béant dans le sol dans lequel chacun, à tour de rôle, jette un peu de terre. En tombant, la terre a un bruit mat contre le bois du cercueil et bat une cadence sourde. Ils suivent la procession. À mesure qu'elle avance, Anna sent un fourmillement dans ses mains, un frisson qui s'accroche dans le dos. Que faut-il faire, doit-elle dire un mot, c'est sa mère dans ce trou, faut-il avoir une pensée, mais laquelle ?

Puis Monique est là, devant eux, le nez rougi. Elle bafouille.

« Anna, Bertrand, vous voilà, Dieu soit loué, je vous guettais… Anna, pour le rabbin, c'est ta mère qui a voulu, tu te doutes bien, je n'aurais jamais pris l'initiative… Il a juste dit quelques mots sur la vie de ta mère. C'était bien, non ? »

« Je ne sais pas, je n'ai rien entendu, on vient d'arriver, on s'est perdus, personne ne savait nous indiquer… »

« Vous viendrez ensuite ? On fait un verre chez notre ami peintre, tu le connais, non ? Au fait, voici Fleur, c'est ma petite-fille… Ava l'adorait, elles ont passé beaucoup de temps ensemble. Ava disait qu'elle aurait tant aimé être grand-mère… »

Monique a un sanglot qui l'empêche de continuer.

La fillette renifle, les joues striées par les larmes, le nez mouillé. Elle a dû s'essuyer avec son bras, une traînée de morve séchée lui barre la joue jusqu'aux cheveux, collés entre eux. Elle est répugnante. L'enfant de la remise lui revient à l'esprit. Elle doit se montrer à la hauteur des événements. Elle ne peut pas le laisser s'installer, cela fait maintenant une semaine. Ça commence comme ça, on offre un abri et allez savoir la suite, ce que cet enfant va réclamer. Elle doit le chasser. La fillette lève un regard pleurnichard puis se pelotonne contre Monique et enfouit son visage dans son chemisier.

« Attention, elle va t'en mettre partout ! »

Anna a un geste vers Monique puis stoppe son bras en l'air, à mi-chemin, incertaine. Interprétant le geste de travers, Monique attrape la main tendue entre les deux siennes et la sert dans une poignée excessive :

« Anna, j'espère qu'après tout ça, on se verra plus souvent, c'est tout ce que je souhaite, ta mère va tant me manquer… »

Anna a blêmi. Bertrand embrasse Monique, murmure quelques mots puis prend Anna par le coude. Ils jettent à leur tour un peu de terre sur le cercueil puis il entraîne Anna à l'écart, à travers les rangées de tombes.

« Maintenant si tu veux, ma chérie, on peut rentrer. »

« Non. Je ne veux pas qu'on puisse dire que je n'étais pas à l'enterrement de ma mère. Elle m'a laissée tomber toute ma vie, rester jusqu'au bout de la sienne sera ma revanche. Ça va aller, faisons quelque pas, et allons à leur apéro. »

« C'est curieux tout de même, cette cérémonie juive. Ça ne ressemble pas à ta mère. Que je sache, elle n'a jamais montré le moindre intérêt pour la religion, non ? »

« J'en sais rien… Encore une de ses lubies… Elle a dû trouver ça exotique. Elle aurait pu aussi bien réclamer un truc bouddhiste… Ou bien c'est Monique, va savoir… En fait, ça lui ressemble tout à fait, cette volte-face de dernière minute. C'est le repentir du condamné ! »

« Ta famille est encore plus cinglée que la mienne. »

« Tu crois ? Peut-être… »

Ils marchent dans la chaleur monstrueuse. Pour se distraire, ils déchiffrent les noms sur les stèles, calculent les destinées calées entre deux dates, lisent à voix haute les mots d'amour gravés par ceux qui sont restés – messages sincères, sournois, fervents, ordinaires...

« Viens voir », s'écrie soudain Bertrand.

Sur le côté d'un caveau de pierre se dresse une stèle de marbre blanc, étroite et haute.

« C'est la tombe de Baudelaire. »

Ils s'arrêtent devant le caveau. Une goutte de sueur perle dans le cou d'Anna. Bertrand s'extasie.

« Ils sont trois là-dedans, il y a aussi sa mère et son beau-père... C'est drôle, on en dit plus sur le beau-père que sur Baudelaire. Oh, quelle coïncidence, il est mort un 31 août, c'est la date d'aujourd'hui ! »

L'épitaphe est succincte. *Charles Baudelaire, son beau-fils, décédé à Paris à l'âge de 46 ans, le 31 août 1867.*

Piégé pour l'éternité avec sa mère et son beau-père que sans doute il exécra... *De longs corbillards, sans tambours ni musique, défilent lentement dans mon âme...* Anna agrippe Bertrand par le haut du bras :

« Promets-moi quelque chose... Écoute-moi... Je ne veux jamais être enterrée avec ma mère, tu m'entends ? Jamais, c'est bien compris ? »

Dans ses yeux brille une lumière noire que Bertrand ne connaît pas. Il promet.

6

S'il y a bien une chose qu'Anna aime, c'est nager dans la mer. Elle marche sur le rivage, frotte ses pieds contre le sable granuleux, avance et laisse l'eau saisir son corps, ses mollets d'abord, puis ses cuisses et son ventre frileux. Elle trempe les mains qu'elle a par réflexe gardées hors de l'eau et elle se laisse tomber d'un coup. Elle se libère de sa pesanteur. Quelques mouvements économes et voilà qu'elle glisse, elle étend sa brasse et fend les flots. La mer l'accueille avec une bienveillance aveugle, l'entoure de ses bras cléments et la soutient sans faillir. Les contractions de ces derniers jours se dénouent. Elle plonge la tête dans les vagues et pénètre un espace vierge, c'est comme une page blanche sur laquelle on pourrait tout réinventer, elle se tourne sur le dos, puis sur le ventre, elle est sirène, s'enfonce dans le bleu et rejaillit au soleil.

« Quel bonheur… Merci mon amour, merci de ce week-end, c'est ce dont j'avais besoin après tout ce stress, vraiment. »

Anna s'allonge sur le matelas à côté de Bertrand. Il ouvre un demi-œil ébloui. Avec son maillot rouge, sa peau mate, ses os saillants et ses cheveux noirs plaqués en arrière par le bain, on dirait une gitane.

« Tu as soif ? »

« Non, merci, je suis bien, l'eau est délicieuse, j'ai nagé et n'ai pensé à rien. »

« Tant mieux, ma chérie, repose-toi. »

Elle relâche sa tête sur le coussin et soupire de bien-être. Le soleil est chaud, mais au bord de la mer, l'air est enfin respirable, à moins que ce soit les tensions qui se délitent. Elle ferme les yeux. Son cœur encore excité par la nage se calme peu à peu. Les bras sous sa nuque, elle laisse aller ses jambes vers l'extérieur. Elle doit faire le plein de cette tranquillité. Demain, ils rentrent à Paris et dans une semaine la vie reprendra son cours. Elle a encore tant de choses à régler, quoi faire de la rue de Maubeuge, comment se débarrasser de l'enfant et surtout comment cesser de penser au bruit obsédant de la terre tombant sur le couvercle en bois. Elle doit faire des réserves pour affronter le retour. S'emplir de l'air salé, de soleil, de la quiétude de l'instant. Les sons étouffés de la plage la bercent. Elle s'abandonne à une lente somnolence. Au loin, le roulis de la mer, les vagues qui viennent mourir sur le sable et des voix qui brodent un tissu compact et indistinct. Plus près, l'écho amplifié de chaque détail sonore, quelqu'un marche sur le sable, les grains crissent comme des billes de verre, une main cherche quelque chose dans un sac, une fermeture à glissière métallique descend – ou remonte. Un élastique claque. De la peau est caressée, sans ménagement.

« Aïe, tu me fais mal ! »

Une plainte d'enfant déchire la torpeur d'Anna. Le réveil est violent. L'enfant crie encore, sa mère lui répond avec nervosité, de sa petite voix aiguë, il affole les tympans d'Anna qui ouvre les yeux, prête à s'énerver contre cette famille si bruyante, mais l'altercation a déjà pris fin, l'enfant court vers la mer en appelant un autre, leurs deux voix aigrelettes résonnent dans l'air marin puis sont avalées par le fouillis des sons. Elle se tourne vers Bertrand qui dort sur son matelas. Lui aussi est fatigué. Il a besoin de se détendre, comme elle.

Anna se lève et quitte la plage. Il est l'heure, de toute façon. Une manucure réservée à l'hôtel. Le genre de choses qu'elle ne fait jamais, mais Bertrand a insisté, prends du temps pour toi, un massage ou un hammam, fais-toi chouchouter. Elle a opté pour ce qui lui semblait le moins pénible.

Elle se présente au comptoir du spa, elle a rendez-vous avec Maëva. Une perle, lui dit-on, qui fait des miracles. Quel genre de miracles peut-on attendre d'une manucure ? Je suis impatiente de voir ça, répond-elle en souriant. Maëva arrive dans un froufrou rose, une fleur exotique piquée dans son chignon. De la main elle indique à Anna le couloir vers la cabine. Après l'avoir installée dans un fauteuil massant, la jeune femme propose les coloris de vernis. Celui-là, montre Anna au hasard. Très bon choix, madame, un classique indémodable. La jeune femme se penche sur les mains d'Anna.

Quelques minutes s'écoulent, ponctuées par une musique conçue pour favoriser la détente, le retour sur soi. Le piano dialogue avec un instrument ouaté, un xylophone peut-être. L'autre main, s'il vous plaît. Un parfum de plantes est exhalé dans un soupir de vapeur.

« Vous êtes en week-end ? »

Mon Dieu.

« Oui. Avec mon mari. »

« Ah c'est bien. À cette époque, c'est très agréable. Il ne fait pas trop chaud. Après l'été que nous avons eu. »

Une cascade de notes. Comment s'appelle cet instrument plein de tubes qui pendent et s'entrechoquent ? Un carillon ?

« Vous habitez Paris ? »

Elle ne va pas s'arrêter. Ça fait sans doute partie de la prestation. Faire la conversation, nouer un lien, s'intéresser.

« Oui. Enfin, en banlieue. »

Elle est tellement appliquée. L'extrémité de sa langue apparaît entre ses lèvres. Elle est touchante de bonne volonté.

« Moi j'habite à Cavalaire. Mais j'ai une cousine qui habite à Paris. Je vais la voir quand je peux. »

Elle doit être contente. Tout se passe bien. La cliente converse et se met à l'aise. Une bonne mise en application des cours théoriques.

« La banlieue, c'est bien aussi... Y a pas que Paris, je le dis souvent à ma cousine, Paris, c'est pas l'idéal, les embouteillages, la pollution, la foule. En banlieue, vous avez tout, le calme et la ville pas loin. Attention, j'ai fini la droite, tenez-la bien en l'air... C'est la première fois que vous venez à l'hôtel Giraglia ? »

« Oui, enfin non. J'étais déjà venue pour raisons professionnelles. »

« Ah. Vous faites quoi comme travail ? »

« Je suis avocate. »

« Un beau métier ça, avocate. Aider les gens, ça m'aurait bien plu. À l'école, j'étais toujours déléguée de classe. Vous avez des enfants ? »

Nous y voilà. La totale.

« Non. »

On dirait une cithare à présent. C'est un véritable tour du monde de la méditation.

« Dans ma famille, les mères n'aiment pas leurs enfants. J'ai préféré m'abstenir. »

Maëva suspend son geste et lève la tête vers Anna. Elle interroge du regard la femme assise en face d'elle, une belle femme brune, distinguée, le genre de femme qui ne balance pas des phrases en l'air. Anna se tient droite, une main vers le ciel tandis que l'autre repose dans celle de Maëva. La pauvre petite est toute décontenancée. Elle l'a bousculée avec sa phrase stupide, c'est idiot, elle voulait bien faire, et moi je fais une de mes blagues de mauvais goût. C'est la langue d'Ava qui fourche dans ma bouche, la méchanceté se passe de génération en génération, comme la myopie. Anna lit un désarroi sincère dans les yeux bleu très clair, elle doit avoir à peine vingt ans et s'étonne de tout, c'est une enfant. Elle s'en veut et cherche à rattraper le coup.

« Ne vous inquiétez pas, l'histoire de ma famille s'arrête à moi et je vais très bien. Et, en plus, ma mère vient de mourir, donc tout ça n'est plus qu'un mauvais souvenir. »

Au regard de la fille, Anna comprend qu'elle n'a rien rattrapé du tout. Maëva se penche, reprend son travail, elle ne lambine plus. C'est presque terminé, plus que quelques minutes de séchage, dit-elle. Puis au son des bols tibétains, elle se redresse, va ouvrir la porte de la cabine et s'efface devant Anna pour la laisser sortir. Deux plaques rouges colorent ses joues et son décolleté s'est marbré de rose. Pauvre enfant. Anna la suit dans le couloir, fascinée par les petits pas dans le fourreau de soie. La jeune femme s'arrête devant le comptoir, yeux rivés au sol. L'hôtesse les accueille avec un sourire obséquieux.

« Madame Boismorel ! Déjà terminé ? J'espère que vous avez apprécié... »

« Oui... Vous aviez raison, Maëva fait des miracles. »

« Merci, c'est gentil pour elle. Regardez-la, elle en rougit de plaisir ! Aura-t-on la joie de vous revoir avant le départ ? Une beauté des pieds peut-être ? »

Anna remercie et s'enfuit du spa. Elle traverse le hall, cherche Bertrand. Il y a foule sur la terrasse. Elle l'aperçoit enfin, il boit un cocktail au bar en bavardant avec le barman, un jeune type en polo qui essuie ses verres. Il est encore en tenue de plage. Le soleil a baissé et teinte la mer d'orangé. Que peuvent-ils avoir à se dire ? Et ils rient en plus ?

« Ah, te voilà, Anna, montre-moi ça. »

Il lui tend la main. Il est assis sur un tabouret haut, une jambe calée sur le marchepied, l'autre dans le vide, nonchalante. Il est d'humeur radieuse. Comment fait-il pour se sentir si à l'aise ?

Elle se jette dans ses bras, brutale, bouscule le verre, renverse un peu de la boisson.

« Eh là, tout doux… Qu'est-ce qui se passe ?… Anna, ça ne va pas ?… Ma petite chérie, je suis désolé, comme c'est difficile… Viens, on va monter, s'allonger avant le dîner… Laisse ce sac, je vais le prendre, attention à tes ongles… »

Suivre Bertrand, marcher dans ses traces, adopter son rythme, c'est le secret du bonheur. Elle le rassure, non, ça va bien, un léger passage à vide, elle est si maladroite, c'est tout, c'est rien. Le regard éperdu de Maëva lui revient une seconde à l'esprit ; cette candeur l'insupporte, comment peut-on aborder la vie *si mal préparée* ? Elle le chasse de ses pensées et attrape la main de Bertrand. Le vernis pas encore sec laisse une trace rouge sur la lanière du sac.

7

Ils rentrent à Paris dimanche soir tard et se couchent dès leur arrivée. Bertrand travaille le lendemain et s'endort très vite, fatigué par le voyage. Anna ne peut trouver le sommeil. Les images affluent sans qu'il soit possible de les contenir, les ongles bleuis, les cheveux qui continuent de pousser, la solitude éternelle, l'oubli qui vainc tout. Elle essaye de se calmer, de réfléchir. Y a-t-il eu un événement déclencheur à partir duquel tout a commencé, peut-elle commémorer une date anniversaire, dire, cela fait trois ans, treize ans, trente ans que je déteste ma mère ? Pourrait-elle raconter ce qui s'est réellement passé, où a-t-elle fauté, pourquoi tout s'est si mal emmanché ?

Elle repense aux nuits sombres de son enfance, à étouffer sous l'oreiller les bruits qui filtrent de la chambre de sa mère, suivies de celles à la Providence, à grelotter sous la couverture ajourée, puis au foyer des jeunes filles à jalouser les cavalcades illicites dans les couloirs – et l'odeur de la cigarette qui tournait la tête ! Des nuits sombres encore et toujours... Mais déteste-t-on sa mère pour un lot de nuits sombres ?

Elle se retourne avec rage dans son lit. Ces dernières années, elle avait réussi à gagner un sommeil paisible, débarrassé des pensées stériles qui, plus jeune, l'avaient tenue éveillée si souvent... Il suffirait qu'Ava meure pour que tout recommence ? Le week-end à la mer n'aura été qu'une courte parenthèse. De guerre lasse, elle se lève. Il fait chaud, boire un peu au robinet de la salle de bains, de l'eau sur le visage, faire quelques pas et se recoucher, dormir enfin.

Elle se dirige vers la fenêtre ouverte sur le jardin. Il fait clair dehors, une lune aux trois quarts pleine illumine le jardin. La prochaine étape, c'est l'appartement d'Ava, la rue de Maubeuge. Le vider. Qui le fera sinon ? C'est l'ennui quand on est fille unique. Votre mère meurt et vous vous retrouvez seule à devoir tout gérer. Elle frotte ses yeux brûlants, un peu de patience, la vie ordinaire va reprendre son cours, il suffit de faire le dos rond, laisser passer la tempête, tout va rentrer dans l'ordre.

Le bruit la fait sursauter. Elle scrute le jardin et distingue une ombre qui s'accroche au tilleul. Il est là. Il descend avec agilité, un vrai singe. Alors, c'est par là qu'il passe... Il atterrit en silence sur l'herbe, souple sur ses jambes, reste aux aguets quelques instants puis se redresse, son sac accroché dans le dos comme le baluchon d'un vagabond. Quelques pas hésitants dans le jardin, sans logique, comme pour reconnaître les lieux, se dégourdir un peu les muscles. Au clair de lune, il n'est pas bien grand, une silhouette maigrichonne, fragile, posée sur deux cannes fluettes, une miniature d'enfant, un corps sans doute mal nourri, carencé. Puis il s'ébroue comme un cabri, se gratte le crâne et relève la tête. Son visage est soudain éclairé par la lune. Elle distingue parfaitement ses traits. Une face plate, lisse, réfléchissant la lumière, à peine troublée par le relief du nez et par un sourire fin, une fente mince comme un brin d'herbe. Deux yeux si sombres qu'on dirait des trous. Une face de lune, avec deux cratères. Anna se jette en arrière, ose à peine respirer, transie par la vision et à l'idée d'être repérée. Elle se retourne. Comme le lit est loin au fond de la chambre ! Bertrand n'est qu'un renflement sous les draps à peine soulevés par la respiration régulière, une machinerie au repos. Un relâchement déplacé, en parfait décalage avec son effroi. Que peut-il pour elle à présent ? Dehors, du bois grince. L'enfant est accroché à la remise comme un lézard, puis un trait fulgurant sous la fenêtre et il disparaît derrière les volets. Le silence retombe. C'est fini.

Anna se recouche et s'endort à la seconde. Un sommeil étrange qui lui laisse une part de conscience suffisante pour qu'elle puisse se voir, allongée dans son lit, les yeux clos, comme endormie. Son corps est chargé d'une pesanteur anormale et décuplée, elle est écrasée sur le matelas, incapable de faire le moindre mouvement. Elle se rend soudain compte que le lit est vide. Bertrand a disparu, impossible de se souvenir de ce qui s'est passé. Puis elle entend du bruit dans le couloir, quelqu'un vient. Au prix d'un immense effort, elle tourne sa tête qui est devenue une masse énorme. Dans l'embrasure de la porte s'est encadrée une silhouette d'à peine un mètre, une fillette brune aux cheveux baguette dénoués sur un pyjama en pilou râpé. Il est trop petit pour elle, ses bras et ses mollets ont poussé comme du chiendent et dépassent du pyjama. Elle s'est arrêtée à l'entrée de la chambre et la regarde. Elle semble attendre un signal. Du regard, Anna l'invite à la rejoindre dans le lit. Elle grimpe et se colle à elle, ses pieds sont glacés, elle grelotte. Anna caresse le pilou, le tissu trop lavé est rêche, elle saisit les petites bouloches entre ses ongles et les arrache. C'est irritant, elle frotte néanmoins de plus en plus fort. La petite se réchauffe et diffuse dans le corps d'Anna une sensation attendrissante, irrésistible. Anna prend peur. Bertrand pourrait revenir et la surprendre. Il ne faut pas qu'il voie la fillette. Il n'aime pas les enfants. Si elle la serre davantage, elle réussira peut-être à la faire disparaître et il n'y verra que du feu. Elle referme ses bras sur le corps fragile et comme un étau d'acier, serre au maximum de sa force. La fillette se laisse faire, on dirait même qu'elle cherche à lui faciliter la tâche. Quelque chose craque, un bruit effrayant, des os. Elle serre encore. La fillette se fait toute fine, s'aplatit, se désarticule. Encore un effort. Un ultime élan. Elle serre avec l'énergie du désespoir. Enfin, ça y est. La fillette a disparu. Dans les bras d'Anna, le pyjama est vide, un peu de tissu bleu qu'elle jette sous le lit, prenant garde à ce que rien ne dépasse. Elle se rallonge et ferme les yeux. C'est fait. La fillette est à l'abri. Pas besoin d'alerter Bertrand. Demain, elle fera des chiffons avec le pyjama bleu.

8

Assise sur le pouf frangé recouvert d'une soie verte, Tina coiffe ses cheveux.

La lumière grise du matin filtre à travers les voilages tirés. L'appartement est sombre, c'est un premier étage qui donne sur la rue, une rue sans arbres qui fait l'angle avec une autre rue obscure d'où s'amorcent des dizaines de rues identiques, tout un entrelacs de rues qui portent des noms du Nord, rue de Maubeuge, de Châteaudun, de Dunkerque… C'est un matin de semaine où l'on se presse dans les rues humides et l'on se bouscule sans se voir, mains enfoncées dans les poches, tête dans les épaules.

Tina a tout son temps. Il est tôt encore. Sur la coiffeuse en acajou sont posés ses brosses, ses peignes et un miroir en argent ciselé. Comme chaque matin, elle se coiffe, lentement, elle donne les cent coups de brosse dans sa chevelure encore épaisse. Pas un jour où elle ne fait défaut à la consigne, prescrite il y a longtemps par sa mère à Istanbul. « Tu verras, ma fille, c'est avec tes cheveux que tu séduiras ton mari et c'est avec tes cheveux que tu le garderas, tu dois les brosser jusqu'à ce que la tête t'en brûle et qu'ils brillent comme s'ils étaient vernis... » Elle n'avait pas menti. Max les avait remarqués avant tout le reste, une cascade d'encre, disait-il. À cette époque, il faisait toujours beau et chaud dans la cour d'Istanbul. Tina s'y coiffait avec sa mère, au milieu des jasmins et des orangers en pot. Des années plus tard, il avait fallu quitter la grande maison d'Istanbul parce que sa fille Ava était devenue incontrôlable, une adolescente sans tenue, s'affichant avec des Turcs – des Turcs ! Il était temps pour elles deux de regagner la France, le seul pays qui vaille et où Tina pourrait trouver à sa fille un mari honnête, travailleur – et juif. Elle emporta ses brosses et ses peignes, pensant, un jour je les donnerai à Ava. Un jour, tout rentrera dans l'ordre, je brosserai les cheveux d'Ava comme ma propre mère l'a fait avec moi, la tradition se perpétuera, brosses et peignes seront transmis, parce que sans tradition...

Mais Ava n'avait eu que faire des cent coups de brosse. Ava n'était pas la fille qu'espérait Tina. Rien ne se passa comme prévu. Rien ne se passe jamais comme prévu.

Dans le matin parisien, la chambre est paisible et se nimbe d'un halo beurré. Sur le lit encore défait, la couverture en mohair pend le long des montants en bois. Tina aime prendre son temps le matin. Elle ne fait jamais son lit avant dix heures, dix heures trente. C'est son luxe. Elle n'a jamais travaillé. Elle n'est pas souvent pressée. Le temps ne compte plus guère pour Tina. Il s'est arrêté un jour de janvier, en 1946, quand elle a su pour Max. Depuis, elle ne prend plus garde au temps.

C'est un lit massif, avec pied et tête recouverts de la même soie verte que le pouf et les deux bergères devant la fenêtre. À la place que Tina occupe, le capitonnage est enfoncé par l'empreinte de la tête. Dans le creux, la soie fendillée s'est noircie, la teinture brune des cheveux a fini par marquer. L'autre place est nette. Max n'y a dormi que quelques mois. Le lit est un cadeau pour leur mariage, acheté à Paris. Un lit vaillant et solide, qui l'a suivie quand elle est retournée seule à Istanbul, en 1939, le lit où Ava est née quelques mois plus tard. Elle a tant souffert pour donner naissance à leur enfant, loin de Max resté à Paris – comment aurait-il pu venir avec elle, il n'avait plus de papier, plus de nationalité, plus aucun pays ne voulait de Max, trop de dangers, trop juif. Elle ne voulait pas rentrer à Istanbul sans Max, si elle le quittait et le laissait seul dans Paris en 1939...

Mais Max avait insisté, tu ne peux pas rester ici, avec l'enfant qui va venir, va chez toi, à Istanbul, chez tes parents tu seras en sécurité, ce n'est que pour quelques mois, et moi je viendrai te rejoindre, vite, dès que possible, je me débrouillerai, je me débrouille toujours... C'était l'été, il faisait chaud à Paris en 1939, ils s'aimaient et leur bébé allait naître. Elle est partie pour Istanbul, avec le lit.

Max n'est jamais venu la rejoindre à Istanbul et Tina y est restée près de vingt ans – où aurait-elle pu aller, ici ou ailleurs, tout était mort à présent. Puis, quand elle refit à nouveau le voyage vers Paris, contrainte par leur fille Ava devenue une jeune fille effrontée, le lit voyagea aussi, faisant la route à l'envers. À Paris comme à Istanbul, il n'y avait personne pour dormir aux côtés de Tina, mais le lit sut se montrer réconfortant pour la femme veuve.

La chambre est paisible dans le matin parisien. Tina profite du silence. Les bruits de la rue parviennent assourdis par les rideaux tirés, tout est adouci par les voilages opale. Qu'il est doux d'être une vieille dame dans une chambre vert d'eau quand, dehors, tant de tumultes et de grisaille. Tina n'a rien à faire avant midi. Alors arrivera Anna, sa petite-fille chérie qui vient déjeuner comme tous les jeudis. Anna voudra voir les robes, ouvrir le coffret à bijoux, elle réclamera des histoires, que lui racontera-t-elle aujourd'hui ? La soirée de l'Alliance juive ? Oh oui, mamie, la rencontre avec Max, oui, raconte-la, s'il te plaît !

C'était à Paris, en 1937. Elle était venue pour quelques mois chez des amis de ses parents, rencontrer « des jeunes gens bien ». Ses parents avaient dit, Tina, la vraie vie pour une jeune fille, ce n'est pas Istanbul, tu dois connaître Paris, la plus belle des villes. À la soirée de l'Alliance juive, elle remarqua tout de suite Max Strauweiss, Allemand magnifique dans son smoking noir. Ce n'était pas un juif va-nu-pieds enfui de son shtetl comme on en voyait tant à Paris à cette époque, mais un beau jeune homme cultivé qui parlait le français des livres. On avait dansé jusqu'au dernier souffle, l'orchestre jouait sans cesse, on avait dix-neuf ans et la vie devant nous...

Ou bien racontera-t-elle les champs de roses à Istanbul, oui, les roses d'Istanbul, mamie, les roses à perte de vue qu'on ne compte plus tant il y en a, l'odeur entêtante qui empêchait de dormir, elles sentaient si fort le soir, on aurait dit qu'à la nuit tombée, elles se mettaient à respirer pour nous enivrer de leur haleine de fleur.

Parfois Tina en rajoute un peu pour satisfaire l'appétit d'Anna, elle invente une valse, un diamant à une parure, une oasis dans le désert, parfois elle pleure aussi et entraîne Anna dans ses mélancolies. Elle parle des lettres de Max, de sa mort dans les plaines gelées d'Europe, Max qui n'aura jamais plus de vingt et un ans, alors elles s'enlacent toutes les deux, la vieille dame et l'enfant dans le jour gris de Paris.

Puis Tina brossera les cheveux d'Anna, cent coups de brosse ma petite fille, tous les jours, c'est du sérieux, tes cheveux sont un trésor, regarde-les comme ils brillent, une laque de Chine, un océan d'encre. Un jour, ces brosses seront à toi mon Anna, ta mère n'en a pas voulu, mais toi, ma princesse orientale, elles seront pour toi, et après toi, tu les donneras à ta propre fille, je les ai rapportées d'Istanbul, c'est ton histoire aussi, un peu de toi vient de là-bas où il fait toujours beau et chaud, où les bateaux remontent le Bosphore vers le cœur de l'Europe. Anna, n'oublie pas. Sois toujours fière, fière d'être juive, d'Istanbul, de tes ancêtres. Sois fière des roses. Et de Max, ton grand-père. Tiens, regarde une photo, oui, je sais, je te l'ai déjà montrée mais regarde encore, regarde comme il est fier, il portait déjà des lunettes de myope à dix-huit ans, c'est drôle, ces montures épaisses comme on les faisait à l'époque, tu vois ce regard qu'il avait, si bleu – je sais, la photo est en noir et blanc –, mais tu peux me croire, je n'ai pas oublié le bleu, il y avait comme des petites alvéoles de gris et tout autour, la mer, le ciel, il disait, avec mes yeux je vois la vie en bleu – c'était pour me faire rire...

Tina se lève, traverse l'appartement et se colle à la porte d'entrée. Elle s'y frotte comme un chat. Trop de souvenirs. Elle pose son oreille contre le bois et guette les bruits de l'escalier. Une porte claque au-dessus, puis ce sont les grincements de l'ascenseur, les babillages d'un enfant. Elle attend. D'autres bruits. Il en vient toujours. Trop de souvenirs. La sonnette stridente dans la rue, elle croirait sentir la vibration du bouton sous ses doigts, la porte cochère qu'on ouvre et qui se referme, déclenchant un spasme dans les fondations de l'immeuble. Quand le chagrin est trop fort, les bruits du dehors apaisent Tina. Des gens vivent là-bas, de l'autre côté de la porte. Il y a une vie ailleurs. C'est important de s'en souvenir. Ça soulage.

Tout n'est pas calciné comme au-dedans.

C'était pour me faire rire qu'il disait ça, ton grand-père.

9

Anna tourne en rond depuis le réveil. L'argenterie a été faite, les rideaux décrochés, lavés, repassés, raccrochés, les bordereaux de la banque sont archivés, année par année. Tout est en ordre et pourtant rien ne semble à sa place. Elle sort vérifier. L'enfant dort dans la remise. Ça devient une habitude. Il a retiré ses baskets, elle voit ses pieds maigrichons. De toutes les options qui s'offrent à elle – parler à Bertrand, prévenir la police, entrer en contact avec l'enfant, l'aider, lui donner à manger… –, elle sait qu'elle choisit la pire. Mais la présence de l'enfant dans la remise lui procure le sentiment d'un événement implacable sur lequel elle n'a pas de prise et qui la laisse sans ressource.

Et il n'est que dix heures.

À onze heures, elle ne tient plus et sort dans la fournaise. Elle ne prend pas sa voiture, elle n'a nulle part où aller. Elle pense, je sors une heure ou deux, à mon retour, il ne sera plus là et ce sera un jour de gagné. Elle laisse ses pas la conduire dans les rues et marche vite, au rythme de sa nervosité, droit devant, sans plaisir et sans but. Elle avance. Encore. Et encore.

Ce sont ses pieds en feu qui l'arrachent à son égarement, quand les élancements de douleur ne sont plus supportables. Elle ralentit sa course hébétée. Ses jambes se mettent à trembler, refusant de la porter davantage. Combien de temps a-t-elle marché ? Elle est épuisée, déshydratée, il faut qu'elle s'arrête. Elle entre dans le premier café, traverse la salle sans rien voir et s'enfonce dans l'escalier qui descend vers les toilettes. En bas des marches, sous le téléphone, un tabouret. Elle s'affale sur le Skaï déchiré, ferme les yeux et laisse sa tête retomber contre le carrelage du mur. Son sang bat dans ses tempes. Du calme. Respirer profondément. Quand elle se sent prête, elle ouvre les yeux. La petite pièce sordide, le néon tremblotant et l'odeur d'urine lui soulèvent le cœur. Que lui arrive-t-il ? Elle passe ses mains sous l'eau, boit, se recoiffe du bout des doigts. Ne pas se regarder dans le miroir.

Elle remonte les marches, repasse devant le patron derrière le zinc – il soupire, encore une cinglée. Dans la rue, elle reconnaît le lycée Janson-de-Sailly, face à elle. Elle se trouve rue de la Pompe. Elle prend soudain conscience de l'animation autour d'elle : partout des hommes, des femmes, des enfants, des klaxons de voiture, des paroles flottant dans l'air. Des taches d'ombre et de couleurs, le vert des arbres, là-haut le ciel pur, le doux soleil descendant, c'est déjà la fin d'après-midi. À une marchande qui a dressé son étal sur le trottoir, elle achète une glace sucrée et rouge. Elle croque avec voracité dans le cornet.

Elle entre au hasard dans une librairie. L'endroit lui est familier – la disposition des longues tables en bois, les étagères bien rangées, les vendeuses en tablier vert sapin. L'ambiance distinguée du quartier. Il y a foule. Une masse d'adolescents s'agglutine derrière les comptoirs, la sortie des classes ? Anna se fraye un passage et descend au sous-sol, on y vend les articles de papeterie et les fournitures scolaires. Elle tripote les stylos, les cahiers, les compas. Au détour d'une allée, une mère et son enfant se disputent :

« Non, pas ce cartable, je veux l'autre, avec le skate ! »

« Pas question d'acheter cette horreur. On prend celui-là, un point c'est tout. »

L'enfant pleurniche, la bouche tordue et les yeux plissés par le chagrin. La mère marmonne, non mais c'est pas vrai, elle jette les cahiers sans ménagement dans le panier qui pend à son bras, poussant l'enfant dans le dos pour qu'il avance, tu vas arrêter maintenant, ce qui redouble les gémissements du garçonnet. Les autres clients observent la scène du coin de l'œil, l'air pincé devant si peu de manières. Une vendeuse un peu plus loin surveille aussi, attentive. Soudain l'enfant échappe à la surveillance de sa mère, court vers le rayonnage des cartables et s'empare de l'objet du conflit :

« Je l'ai, c'est lui que je veux, avec le skate. J'en ai marre de toi ! »

Il a crié bien fort, attirant sur lui l'attention de tout le magasin. La mère se retourne vers l'enfant qui brandit son cartable comme un trophée. Elle pose au sol son panier et s'avance, menaçante, toi, tu vas voir.

D'un coup Anna est sur l'enfant et lui arrache le cartable des mains. Sous l'effet de la surprise, il se tait aussitôt et la fixe, bouche bée. Puis la mère le rejoint, tout à fait décontenancée elle aussi, colère oubliée. Tous trois se dévisagent un moment, sous le regard perplexe de la vendeuse et des autres clients.

« Mon fils m'a demandé un cartable avec un skate, c'est le dernier et j'ai cru comprendre que vous n'alliez pas l'acheter… »

Anna serre le cartable contre sa poitrine, espérant de toutes ses forces que l'explication suffira. Elle sourit à la femme furibonde, elle sourit à l'enfant interloqué, elle sourit aux curieux dans l'expectative, un sourire misérable qu'elle espère attendrissant. La mère attrape la main de son fils qui s'est remis à pleurer et, avec un laconique hochement de tête, tourne les talons. Les clients reprennent leurs achats. On soupire. L'incident est clos.

« Je vous l'emballe, madame ? » La vendeuse s'est approchée d'Anna.

La jeune femme enveloppe le cartable dans du papier de soie avec le même soin que s'il s'agissait d'une œuvre d'art et le glisse dans un grand sac portant en lettres d'or le nom du magasin.

« Vous fallait-il autre chose ? Puis-je vous aider avec votre liste scolaire ? En quelle classe entre votre enfant ? »

Anna quitte le magasin. Le sac volumineux bat contre ses mollets, il est lourd mais les lanières en coton vert sapin sont soyeuses dans ses paumes. Elle n'a plus du tout mal aux pieds. Elle rapporte un cartable à la maison. Une seule question compte à présent. Où le cacher pour que Bertrand ne le trouve pas.

10

Bertrand a ouvert le toit de la voiture. La nuit est tiède. Les feuilles de marronniers jaunies par la fin de l'été jonchent les trottoirs et dégagent une odeur sucrée de décomposition. Il conduit lentement, bercé par le roulis. Une grosse cylindrée bien cuirassée, haute sur des roues massives. Il a sorti son bras gauche et le balance le long de la portière, une manière ordinaire mais qui le détend. Il caresse la tôle, elle est douce et propre, on dirait une peau.

Il jette un coup d'œil à Anna, qui a tourné la tête et regarde par la vitre. Elle porte une robe noire légère, ses cheveux tordus en une poignée sur le côté, découvrant une veine épaisse qui bat dans son cou. Elle est élégante, même quinze jours après le décès de sa mère, elle donne le change. Une bouffée de fierté le parcourt.

« Tu es fatiguée ? »

Elle se retourne et esquisse un sourire.

« Oui… assez… Pas toi ? »

« Non… Ça va… Il n'est pas encore minuit… J'ai vu que t'étais crevée, c'est pour ça que j'ai sonné le départ. Tu t'es ennuyée ? »

« Non, pas vraiment… Je ne sais pas… »

« J'aurais pu refuser ce dîner, tout le monde aurait compris, si peu de temps après. »

« Non, c'est bien de continuer à sortir, on ne va pas se couper du monde. Ce serait idiot d'être affectée par la mort de quelqu'un qui l'était déjà pour moi depuis des années. C'est pas ça, non… Enfin, j'en sais rien… »

« C'est normal que tu sois éprouvée, Anna. Revoir Monique, l'enterrement… Tout ça remue tant de souvenirs. »

« Oui, sans doute, tu as raison… »

Bertrand s'engage dans l'avenue du Roule. Il aime cette perspective frangée d'arbres qui s'enfonce dans le cœur de Neuilly. Il prend son temps, profite des rues vides. Le ciel est dégagé, splendide. Il pense au chemin parcouru. Sa carrière, l'équilibre de son couple, ses amis, la tranquillité qui sous-tend cet ensemble. Sa vie est telle qu'il la souhaitait. Il a su garder le cap avec indépendance, a fait ses propres choix. Avec une autre qu'Anna, il n'y serait pas parvenu. Elle était comme un bloc d'argile qu'il a pu modeler année après année, sculpter à l'aune de son désir pour en faire la compagne parfaite. Aucune autre ne s'y serait prêtée.

« Tu vas reprendre le rythme. Dans deux jours tu es de retour au cabinet. L'oisiveté, ça ne vaut rien, on n'a pas l'habitude, c'est un poison. Et pour ce soir, ne t'inquiète pas. Demain je passerai un coup de fil à Amaury. »

La douceur de la nuit le tient en éveil. Il se sent bien, d'humeur câline même. Ce n'est pas le moment mais ça ne se commande pas. Anna se tait et regarde de nouveau par la vitre. Son air grave. Son silence. La sobriété de sa robe. Comme il aime le décalage entre cette sévérité et l'aisance insoupçonnable de son intimité. Leur entente est allée grandissante à mesure des années. Au fil du temps, il s'est enhardi et à son grand étonnement, il la désire de plus en plus.

« Je ferais bien quelques pas avant de dormir. Je n'ai pas sommeil… »

« Je ne crois pas que j'aie le courage. »

Bertrand actionne la télécommande du garage et gare la voiture. Ils sortent par la porte du fond qui donne dans la maison, ils ont laissé une lumière allumée avant de sortir.

« Alors une dernière cigarette dans le jardin. »

Sans attendre la réponse d'Anna, Bertrand ouvre la porte-fenêtre et sort sur la terrasse. L'air est saturé de parfums nocturnes, il inspire profondément. Il a un beau jardin. Il s'assied sur le banc et appelle Anna :

« Viens, mon ange, viens près de moi. »

Anna retire sa veste et la suspend dans l'entrée. Elle enlève un cheveu accroché à l'étoffe. Elle a tenté de ne pas penser à l'enfant, mais c'est plus fort qu'elle, dès que la nuit tombe, il obsède ses pensées. Elle a essayé de participer aux conversations – qui sera le prochain Président américain, les faillites et l'effet papillon, où sont passés les trois milliards volatilisés. Tout glisse sur elle d'une façon tellement étrange et tout la ramène à cette silhouette gracile sous le clair de lune, cet enfant envoyé du ciel dont elle ne veut pas, enfin elle ne sait plus vraiment, que lui importe si le monde court à sa perte alors qu'elle-même ne sait plus comment affronter sa propre existence.

Bertrand l'appelle de nouveau. Se retrouver tous les deux, sous la lune, face à la remise. Et s'il venait, juste maintenant, alors qu'ils sont enlacés sous les étoiles ? Que dirait Bertrand ? Comment réagirait-il ? Serait-il, comme elle, totalement désemparé, hésitant, tenté ? Voudrait-il prendre l'enfant dans ses bras ? Sûrement pas. Bertrand respecte ses engagements. Il s'en tient à ce qu'il dit.

Elle enlève ses sandales, sort sur la terrasse et vient s'asseoir contre Bertrand. Il passe son bras autour de ses épaules. Il fume en silence. Quand il inspire, la braise rougeoie, le papier grésille. Puis il expire dans un long souffle. En cadence, il porte sa main à la bouche et la repose sur l'accoudoir. Un enchaînement tranquille. Anna se laisse apaiser par le geste lent, comme avant, avec Ava.

« Tiens, on dirait qu'un volet de la remise s'est démis. »

Il aspire une longue bouffée et exhale en jouant avec ses lèvres. Ce serait le moment. Vas-y, lance-toi, dis les mots, ce n'est pas difficile, il suffit de raconter ce qui se passe, il y a un enfant dans la remise, oui, dans la remise, depuis plusieurs jours il vit là, chaque nuit il revient, c'est pour ça qu'un volet s'est défait, non, je ne l'ai pas chassé, oui, je voudrais le garder…

« Il fait une douceur… »

Bertrand se penche vers Anna et l'embrasse. Sur le front d'abord, un baiser chaste, puis il embrasse ses tempes, le coin de ses yeux, des baisers plus appuyés, il embrasse le flanc de son nez, l'angle des narines, il attrape la pulpe de sa joue avec ses lèvres et embrasse encore, il cherche sa bouche. Anna penche sa tête et offre son visage. Elle ferme les yeux. Il sent le tabac. Les contours de la remise tremblent sous ses paupières closes.

Bertrand se lève.

« Allons nous coucher, mon amour. »

« J'arrive. Monte. Je suis là dans deux minutes. »

« Ne tarde pas. »

Il quitte la terrasse, cendrier à la main.

Elle reste là. La nuit est imperturbable. De la maison lui parviennent des bruits de sa vie, de l'eau qui coule, un volet se ferme, une porte coulisse. La remise au fond du jardin semble flotter sur la pelouse. Il ne se passe rien. L'harmonie du soir s'étend et accorde les odeurs, les ombres et les sons. L'inquiétude semble s'être arrêtée aux portes de la maison. Si elle devait se cacher, s'enfuir ou simplement se recueillir, elle ne voudrait être nulle part sinon dans ce jardin parfumé. C'est une cache merveilleuse. La remise soudain l'attire comme un aimant, elle aussi voudrait y dormir avec pour berceuse les chuchotements de la vie nocturne. Elle se loverait sur le vieux canapé, les coussins épouseraient ses formes, elle s'allongerait sur le tissu et tirerait sur elle le plaid, elle s'émerveillerait de chaque bruit – un hibou hulule, un grillon, la plainte d'un chat. A-t-on besoin d'autre chose que d'un jardin paisible ? D'un coup, elle comprend. L'enfant est venu ici pour le jardin baigné par la lune, les odeurs vertes, la retraite. Il n'est pas venu par hasard. Il est venu trouver un abri, la tranquillité, une famille peut-être, une mère. Elle. Il est venu pour elle. Il l'a choisie. Ce n'est pas un hasard. Il n'y a pas de hasard. Ça lui arrive *à elle*. C'est son histoire, à elle et à elle seule. Bertrand n'a rien à voir avec ça.

Le souffle du vent agite les arbres et soulève ses cheveux. Elle frissonne. Que peut-elle faire à présent ? Si elle est l'élue, elle n'a plus d'autre choix que d'affronter cette épreuve.

11

Vient un jour où il faut retourner travailler et Anna, contre toute attente, n'en a pas du tout envie. Comme c'est désagréable, cette impression d'être attendue pour une échéance que l'on ne pourra pas honorer. Elle tente de dissiper le malaise en ironisant. Ça sera comme une rentrée des classes. Quand les vacances sont terminées, on retourne travailler, c'est aussi simple que ça, on vérifie son matériel, on met le réveil... En se brossant les dents avant le coucher (trois minutes, le temps d'une chanson), une lourdeur pèse sur sa poitrine. Cela fait pourtant plusieurs jours qu'elle a hâte de quitter la maison, hâte de reprendre le train-train, la routine va tout arranger. Il y a une place pour chaque chose et chaque chose a sa place. Sa place à elle, c'est là-bas, son travail, sa carrière. Certaines règles ne se discutent pas. Et pourtant, quelque chose ne cadre plus.

Elle se met au lit et la tentation monte encore. Fuir. Prendre la clé des champs. Faire l'école buissonnière. Elle observe Bertrand choisir sa chemise et sa cravate pour demain. Il les pose comme d'habitude sur une chaise au pied de laquelle sont alignés ses souliers lustrés, il sifflote en palpant le linge empesé, solide, déterminé, loin, si loin… C'est la douce vie que vous avez choisie et qui s'écoule sans heurt. Tu n'es plus une écolière, reprends-toi, quinze jours *off*, c'était inespéré, que veux-tu de plus, allez, silence.

*

Dès le réveil, les gestes s'enchaînent et une fois de plus, l'habitude a raison de l'angoisse. Toilette, petit déjeuner, baiser furtif, bitume mouillé – il pleut ! Le sol renvoie l'odeur de la chaleur accumulée pendant des semaines. Cette fois, on y est, l'été se termine.

À l'approche du cabinet rue François-1er, Anna ralentit l'allure et observe les lieux comme si elle venait pour la première fois. Dans les vitrines des magasins, les mannequins fantomatiques sont figés dans leur semi-existence, regardez-moi, admirez-moi, gémissent-ils – en vain, personne ne leur prête attention. Quelques tables de bistrot oubliées dehors, maintenant il faut essuyer toute cette flotte, un serveur éponge avec une serpillière filandreuse. Beaucoup de pieds battent le pavé, des tissus se frôlent, gabardine, lin, alpaga, super 100, des étoffes respectables, de bonne facture. Des sacs en bandoulière, d'autres bien calés sous le coude, emplis de toutes ces choses qui ponctuent la vie, clés de voiture et de maison, bip de garage, bip d'alarme, cartes magnétiques. Des cheveux propres, le lundi matin, on se shampouine pour bien commencer la semaine, ça sent le savon, le déodorant, le gel de rasage.

L'immeuble se dresse devant elle, haussmannien dans toute sa splendeur : la porte cochère surdimensionnée, les cuivres brillants, les garde-corps ouvragés, les bas-reliefs. Une architecture sérieuse pour gens sérieux. Ici, on aborde les vrais sujets. Anna soupire. D'où lui vient cette distance ? Elle, si fière de travailler pour Masson Desmaret & Associés, MD&A, le cabinet d'avocats d'affaires avec des bureaux à Londres, New York, São Paulo, Singapour… Elle y travaille depuis quand déjà ?

Au rez-de-chaussée, les fenêtres sont protégées par des barreaux en fer. Sur un rebord, on a posé une petite cage en métal dans laquelle, perchés sur un portique en bois, se balancent deux oiseaux. Elle se rapproche. C'est une paire d'oiseaux tout à fait ordinaires, avec un peu de jaune et de bleu sur le poitrail, un maigre toupet sur le crâne, un minuscule bec et des griffes agrippées au bois. Pétrifiés, les oiseaux oscillent au rythme de la ville dans une immobilité inquiétante. Si ce n'est le roulement affolé de leurs yeux en tête d'épingle, on les croirait morts, statufiés sur leur balançoire.

« Hey Anna, c'est cool que tu sois là, *welcome back* ! »

Une tape affectueuse sur l'épaule d'Anna. C'est Justin, leur associé américain, peigné et cravaté, tout en dents. Sa joie de la voir paraît sincère.

Elle est appréciée ici, on sait ce qu'elle vaut. Ils grimpent deux à deux les marches du large escalier. Tout y est. Le tapis épais, la plaque gravée à l'entrée, le parquet grinçant, les toiles au mur, le canapé de designer. C'est bon d'être là, finalement. En entrant, Anna tombe nez à nez avec Pierre-Pol – le M de Masson –, qui semble l'attendre.

« Anna, enfin ! Tu nous as manqué, ravi de te revoir parmi nous ! »

Et, poussant la porte de la salle du conseil, il annonce d'une voix de clairon :

« J'ai organisé un petit déjeuner pour ton retour, histoire de reprendre en douceur ! »

Dans la salle du conseil, on a déplacé contre le mur la table ovale et dressé un buffet pour les Thermos et les viennoiseries. Une dizaine de collaborateurs sont déjà présents. La bouche pleine, ils accueillent Anna du mieux qu'on peut quand on craint le faux pas, comment être prévenant et garder la bonne distance, tout un art. Elle hoche la tête aux paroles de condoléances qui lui sont chuchotées, désolé Anna, *sorry for your loss*, tiens bon, moi aussi j'ai perdu mon père l'année dernière, je sais ce que c'est… Quand elle les a tous salués, Pierre-Pol s'approche. Main en paravent contre l'oreille d'Anna, il murmure quelques mots. Il a posé son autre main sur son bras comme pour la dissuader de toute tentative de fuite, une main énorme sur laquelle foisonne une toison blonde, des doigts potelés aux ongles arasés. Sa paume diffuse une chaleur moite à travers le tissu de sa veste, comme un petit animal qui se serait allongé sur son bras. Huit ans qu'il me touche (huit ans, je me souviens à présent), combien de temps vais-je encore le supporter ? Quand il a fini, il se redresse et lui assène une claque dans le dos. Allez, à la guerre comme à la guerre, nous avons récupéré notre impitoyable Anna, attention bandits de grand chemin, justice sera rendue ! Il éclate d'un rire satisfait, ce qui détend l'atmosphère un peu embarrassée. On se ressert du café. Pierre-Pol baguenaude, peu enclin à démarrer la semaine, un peu de bon temps, ça vous soude une équipe.

Anna s'est rapprochée d'un petit groupe d'avocats qui discutent des affaires en cours. Le dossier Ducloux a été classé sans suite, en revanche le cabinet n'a rien pu faire pour éviter la comparution dans l'affaire Selby, une vraie planche pourrie, tu nous l'avais pourtant bien dit, hein Anna, dommage que tu n'aies pas pu être là pour… Un coup de coude empêche le maladroit de continuer et la conversation bascule sur autre chose. Anna arbore un sourire poli et tente de discipliner son regard attiré par la petite plaie sur la joue de son voisin. S'est-il coupé en se rasant ? Arraché un bouton ? Une griffure ? Une morsure ? Opération ? Automutilation ? Le sang suinte malgré la gaze apposée, un sang bien frais au centre et déjà brun à la périphérie. À sa droite, Diane, l'avocate avec laquelle elle travaille depuis des années. Dès que leurs regards se croisent, Diane cligne de l'œil pour lui signifier sa complicité et la compréhension qu'elle a de la situation.

Sur sa paupière mobile apparaît à chaque battement un peu de noir, du mascara appliqué à la va-vite, qui a bavé. Anna baisse ses yeux pour ne pas avoir à subir le sang ni les coulures noires. Ses chaussures sont impeccables malgré la pluie. Elle les cale de façon à ce qu'elles s'inscrivent à l'intérieur d'une latte du parquet sans mordre sur la latte voisine. Elles s'ajustent dans la largeur sans dépasser. Son regard se faufile dans l'interstice entre les lames de bois et s'allonge comme si son nerf optique était devenu extensible. Elle devine les tasseaux sous le parquet, les moutons de poussière accumulés, une araignée ratatinée, un mégot de cigarette du temps où l'on pouvait encore fumer dans cette pièce, un bouton de nacre blanc pouvant appartenir à n'importe quelle chemise.

« Tu n'as pas l'air bien, ma pauvre Anna. »

Diane a attrapé son coude et lui marmonne des paroles réconfortantes. Elle tourne sa tête vers la fenêtre pour échapper à l'haleine dans laquelle se mêlent café et menthol. En contrebas, la rue s'est vidée de ses passants. On y distingue encore quelques retardataires en sueur, dont l'affolement contraste avec la nonchalance des autres promeneurs sans but, des oisifs, des traîne-savates, des chiffes molles, des trompe-la-faim. Pas un pour lever la tête vers Anna et répondre à sa prière muette. Dans le ciel roulent de lourds nuages fibreux, avançant à toute allure, ça doit souffler, y a-t-il quelqu'un là-haut ? Pas plus qu'en bas, ici comme ailleurs, c'est un désert solitaire.

Anna remercie Diane pour sa sollicitude. Il est temps d'aller travailler à présent. S'abrutir de travail, voilà la solution, poser ses fesses sur le cuir du fauteuil et ne s'en extraire que dans huit heures, quand elles seront engourdies, caresser le papier grainé, observer l'encre dans les veinures de la feuille, attendre le soir ; ce soir il y aura Bertrand et tout ira mieux.

Elle traverse la pièce pour se diriger vers son bureau, haute sur ses talons et dans son tailleur noir, queue-de-cheval bien ajustée, irréprochable, et sort, sous le regard admiratif de Pierre-Pol. Allez, les enfants, au boulot, prenez exemple sur Anna, la guerrière du cabinet. Il n'est pas né celui qui pourra la désarçonner !

12

Anna regarde le paysage défiler par la fenêtre de la voiture. Minute après minute, kilomètre après kilomètre, tout se ressemble et le temps semble long à la petite fille. Les mêmes arbres, très hauts, plantés en peloton le long de la route, les mêmes champs avec leurs bottes de foin éparses, les mêmes villages que rien ne distingue – quelques rues monotones, des maisons basses et si proches de la route qu'on se demande comment on peut y vivre, deux, trois commerces, une église au toit pointu. Elle s'ennuie. Depuis combien de temps sont-elles parties ? L'angoisse monte à mesure que la voiture s'éloigne de Paris – la pension est si loin !

Quand arrive-t-on ? Elle a demandé plusieurs fois à sa mère, mais, à présent, elle n'ose plus. Ava ne s'est pas retournée une seule fois depuis le départ. Ses deux mains agrippent le volant. Parfois elle klaxonne quand ça lambine, elle tambourine avec son pouce et râle à voix basse. Dans le rétroviseur, Anna voit les yeux de sa mère rivés sur la route. Elle s'est maquillée aujourd'hui. Son regard est concentré, elle n'a pas envie de se perdre, c'est la première fois qu'elles vont à la

Providence. Anna admire la jolie robe, les bracelets qui tintent lorsqu'elle passe les vitesses, la barrette dorée qui retient ses cheveux blonds. Sa mère s'est parfumée pour l'occasion. Pour elle. Sa mère est très belle.

Elle aimerait parler, mais ne sait quoi dire sans l'énerver. Elle voudrait dire combien elle a peur, tellement peur qu'elle ne sait pas ce qui l'effraie le plus, avoir oublié quelque chose, ne pas savoir comment être là-bas, penser à sa mère et à sa grand-mère tout le temps, avoir envie de pleurer et ne pas être capable de le cacher. Une main invisible étreint sa gorge et compresse sa respiration, toutes les larmes se sont condensées en une pierre lourde qui pèse au fond de sa bouche.

Ava chantonne. La radio diffuse une chanson qu'elle reconnaît. Anna voudrait chanter aussi, mais sa voix est coincée et elle ne comprend rien aux paroles.

Ava allume une cigarette et souffle de longues bouffées par le nez. L'odeur familière envahit l'habitacle. Anna s'en emplit les poumons, c'est l'odeur de sa mère, l'odeur du soir, quand, au lit, elle peut sentir la présence de sa mère dans la pièce d'à côté. Ava jette le mégot par la fenêtre et c'est de nouveau l'ennui.

Elle éteint la radio. Le programme ne lui convient plus, on s'est mis à parler et Ava a murmuré, tous des cons.

Puis elle ralentit à l'approche d'un village. Elle se tord le cou pour déchiffrer les panneaux indicateurs, hésite, attrape la carte chiffonnée, maugrée. Elle s'engage sans conviction dans une rue, jure et fait demi-tour. Bon sang, ils pourraient indiquer le chemin quand même, on n'a pas la science infuse !

Elle interpelle deux grosses dames qui marchent sur le trottoir d'en face ; elles disent, à droite, en faisant de grands moulinets avec leurs bras. Ava se trompe et prend à gauche. À l'arrière, Anna se tait. Maintenant qu'elles y sont presque, elle n'est plus pressée d'arriver.

Ava roule plus vite à présent, elle semble avoir repris confiance. Combien de temps avant d'y être ? Anna se met à trembler.

Soudain, Ava freine et gare la voiture sur le bas-côté, deux roues sur l'herbe à quelques centimètres du petit fossé qui borde la route. Elles sont en rase campagne. Elle coupe le contact et reste les mains sur le volant, tête droite, regard dans le vide. Anna retient son souffle. Qu'est-ce qui se passe ? Va-t-elle changer d'avis ?

Ava se penche et ramasse son sac posé sur le sol. Elle farfouille, cherche quelque chose qu'elle ne trouve pas, c'est le bordel là-dedans. Ah, voilà. Elle a sorti une petite boîte bleu marine entourée d'un ruban. Elle renvoie son sac sur le sol et se retourne vers Anna en tendant la boîte. Elle s'est donné chaud avec tout ça, de minuscules gouttes de sueur brillent au-dessus de sa lèvre supérieure.

« Tiens, c'est pour toi. »

Anna ne peut ni bouger ni articuler un mot. Ses yeux vont et viennent de la petite boîte bleue au visage de sa mère. L'information ne parvient pas jusqu'à son cerveau, elle reste inerte. Sotte.

« Ben tu l'ouvres ou quoi ? Pour une fois que je te fais un cadeau. »

Un cadeau. C'est un cadeau. Bien sûr. Un cadeau pour elle. Sa mère lui a fait un cadeau… Elle est allée dans un magasin, peut-être même plusieurs, elle a regardé les devantures, hésité, a-t-elle demandé conseil ? Elle y a passé du temps, sans compter le déplacement aller et retour, elle a conservé la boîte jusqu'au jour du départ, bien cachée pour qu'Anna ne tombe pas dessus, elle n'a pas oublié de la glisser dans son sac avant de partir, ni de la lui offrir avant de la laisser à la pension…

Elle saisit la boîte. Elle ne veut pas encore défaire le nœud, pas trop vite. Le ruban bordé d'or ceint la boîte des quatre côtés et finit par une jolie boucle sur le dessus. L'étui est en plastique mat et rigide. Sur le dessus est gravé en lettres dorées un nom, « Lejeune », et juste en dessous dans une écriture fine et penchée, « Bijoutier Joailler à Paris ». C'est un cadeau précieux, cher, qu'elle gardera toute sa vie.

« Allez, ouvre, on va pas y passer la nuit. »

Elle tire sur le ruban qui se dénoue avec un froissement léger. Ouvre le couvercle. À l'intérieur, il y a encore un emballage, une pochette en velours sombre, festonnée sur les rebords, et dont le rabat est fermé par une pression. Anna enfonce ses doigts dedans, c'est doux comme une caresse. Elle sent quelque chose dans le fond. Pour ne pas l'abîmer, elle fait glisser le bijou dans sa main. C'est une fine chaîne en or, qui forme un tout petit tas brillant au creux de sa paume. Elle attrape délicatement le maillon et soulève, un collier. Elle le détend tout à fait. À son extrémité pend une croix dorée.

Le bras d'Anna reste en l'air. La croix oscille dans le vide, attrape la lumière du soleil et brille par à-coups. Les éclats dorés rebondissent tour à tour sur le visage de la mère et celui de la fille qui à cet instant précis affichent la même expression de total désarroi. Au centre de la croix, une pierre rouge bat comme un cœur.

« Viens que je te l'attache. »

Elle penche sa tête en avant, relève ses cheveux et laisse faire sa mère. Les gestes d'Ava sont hésitants, elle peine à manipuler le minuscule fermoir. En se redressant, Anna attrape la croix qui pend à son cou. Le métal est froid. Elle gagne quelques secondes en observant le bijou, évite le regard de sa mère.

« À la Providence, il ne faudra pas dire que tu es juive. C'est une pension catholique. J'ai dû mentir pour pouvoir t'y inscrire. Ne t'inquiète pas, j'ai dit qu'on n'était pas pratiquants, que t'y connaissais rien, pas une prière… Ils ont dit que ça n'avait pas d'importance, qu'ils étaient là pour ça, donner l'éducation religieuse aux enfants. Tu n'auras pas besoin de mentir, toi… »

Ava s'est tue. Au loin, meugle une vache. Puis la voiture se met à vibrer et c'est tout un troupeau, une vingtaine de bêtes, qui passe devant la voiture, menées par une fillette de l'âge d'Anna, chaussée de bottes en caoutchouc trop grandes dont émergent des jambes de moineau. Elle trottine sur la route, badine à la main. Les sabots sur le sol font un vacarme sourd, une armée de bottes qui ébranle le sol.

« J'ai pensé qu'avec la croix, ce serait plus facile pour toi. »

Anna tripote toujours le pendentif. Dans sa bouche, la pierre s'est dissoute et a relâché son eau qui brûle sous ses paupières. Elle lutte de toutes ses forces pour ne pas la laisser couler.

« Allez, on y va, je ne veux pas rentrer à la nuit. »

Ava attrape la boîte et les rubans et jette le tout par la fenêtre. Dans un grand coup d'accélérateur, elle redémarre. Les roues patinent dans l'herbe et laissent sur le sol deux traînées de boue grasse. La voiture s'élance vers la Providence.

13

« Allô ? »

« C'est Anna. Je te dérange ? »

« Me déranger ? Penses-tu ! Ça me fait tellement plaisir de t'entendre, tu fais bien d'appeler, moi je n'osais pas, c'est bête hein, comme on est, mais tu es partie si vite la dernière fois... Anna, comment vas-tu ? »

« Monique, je te téléphone au sujet de la rue de Maubeuge... J'ai besoin des clés. Tu en as sûrement un double ? »

« ... »

« Allô, Monique ? Tu m'entends ? »

« Oui Anna, oui. Attends un peu. Donne-moi de tes nouvelles d'abord, dis-moi comment tu vas. Parce que pour moi, c'est dur, très dur, c'est arrivé si brutalement, je ne me fais pas à l'idée qu'elle est partie, comme ça, en quelques jours... »

« Monique, je t'appelle du bureau, je n'ai pas beaucoup de temps. Je voudrais aller rue de Maubeuge mais je n'ai pas les clés et je me disais que tu devais sûrement les avoir. »

« … »

« Monique s'il te plaît… Ce n'est pas évident… Mets-y un peu du tien… »

« Que veux-tu faire rue de Maubeuge ? »

« Rien… Trier… Vider… Jeter… »

« Ah bon. Mais pourquoi ? »

« Pourquoi quoi ? »

« Oui, pourquoi ? Pourquoi jeter ? Qu'est-ce que tu veux trier ? Tu cherches quelque chose ? Parce que je peux t'aider moi, à ranger, tu peux me demander… »

« Je ne suis pas certaine d'avoir besoin de toi… Cet appartement est à moi à présent… À moi seule… Ma mère y vivait, ma grand-mère avant elle… »

« Tu veux prendre la suite ? Y habiter ? »

« Ah non, pas vraiment ! »

« Ah. Alors, laisse tomber le rangement, le tri, tout ça. Écoute-moi Anna, je voulais t'en parler mais je ne savais pas comment m'y prendre, alors ça tombe bien… Je voulais te proposer… Tu pourrais me louer l'appartement, je le prendrais en l'état et puisque tu ne veux pas t'y installer, ce serait pratique pour toi, un truc de moins à gérer. C'est rassurant, m'avoir comme locataire, quelqu'un que tu connais… »

« L'appartement n'est pas à louer. »

« Anna, tu ne peux pas savoir ce que ça représente pour moi, ta mère et moi y avons été si heureuses… »

« Monique, il n'est pas à louer. Je vais le vendre. Je récupère les clés. Je vide. Je vends. Voilà. J'ai pris ma décision. »

« Je te l'achète. »

« Hein ? »

« Je t'achète la rue de Maubeuge. Donne ton prix, c'est d'accord. »

« Monique, je suis pressée, je dois partir en réunion, on parlera une autre fois. Alors, on fait comment, pour les clés ? »

« Vends-moi la rue de Maubeuge, Anna. »

« Monique, on ne joue pas au Monopoly. Pour l'instant, je ne te vends rien du tout, mais, toi, tu me donnes les clés. »

« … »

« Monique ? »

« Au moins, permets-moi de venir avec toi, quand tu iras. Avant que tu ne jettes à tort et à travers, je veux pouvoir récupérer des souvenirs, des bricoles qui ne comptent pas pour toi… »

« On verra. Je ne crois pas. Les clés ? »

« Si tu refuses, j'irai sans ta permission, je ne te donnerai pas les clés, j'ai le droit, après tout ce que… »

« Je ne te conseille pas de faire ça. Il ne peut être question de droit. Cet appartement ne t'appartient pas. Je suis avocate, ne l'oublie pas, tu pourrais avoir des ennuis si tu fais n'importe quoi. Tu n'as aucun droit. »

« Anna, je connais ta mère depuis quarante ans et toi, je t'ai connue toute petite. Ta mère et moi, on a tout partagé. J'ai tenu sa main à l'hôpital. Je l'ai accompagnée jusqu'au bout… »

« Stop ! Arrête de me parler de *ma mère*. Ce n'est pas négociable. Pour une fois, c'est moi qui décide, pas toi. Je récupère les clés et le dossier est clos. Je passe chez toi dans une heure, tu descendras s'il te plaît, je ne tiens pas à monter. »

« Anna ! »

« Tous les jeux de clés, n'est-ce pas ? De toute façon, je ferai changer les serrures. »

« Anna ! Mais pourquoi es-tu tellement… injuste ? Ta mère n'est pas enterrée depuis un mois… »

« Figure-toi que plus le temps passe, pire c'est. Alors, il vaut sans doute mieux pour toi que l'on traite aujourd'hui plutôt que dans quinze jours. À tout de suite, Monique, je raccroche. Dans une heure en bas de chez toi. »

14

Elle se lève sans bruit et quitte la chambre. Elle n'y tient plus. Depuis qu'elle a vu le visage au clair de lune, elle se réveille chaque nuit avec la même envie irrésistible, c'est devenu une obsession. Elle veut revoir le sourire, la fente mince, la face plate. Elle ne peut plus résister.

Elle descend les marches pieds nus pour ne pas faire grincer le bois. Elle sait cette précaution inutile, quand Bertrand dort, rien ne peut le tirer de son sommeil. Il possède dans la nuit une tranquillité dont elle sera toujours dépourvue.

Elle traverse le salon dans l'obscurité, contourne les meubles comme une aveugle qui connaît par cœur son parcours, jusqu'à la porte-fenêtre de la cuisine. Pas de lune. Les nuages bleu sombre se confondent avec la nuit. Du vent dans les arbres. Les cimes vont et viennent dans le ciel noir.

Dans la remise face à elle, une lueur brille, qu'elle distingue par le jour au-dessus de la porte.

Son cœur s'affole. Il est là, à quelques mètres, éveillé.

C'est l'heure. La rencontre. La découverte. Les premiers mots – Que dire ? Parle-t-il sa langue ? Que lira-t-elle dans son regard quand, pour la première fois, il le posera sur elle ? Que feront ses mains ? Se tendront-elles pour l'inviter à entrer ?

Elle sort dans le jardin. Il fait frais, une nuit automnale où, d'une seconde à l'autre, la pluie peut surprendre. Elle avance lentement, très lentement, pour étirer le moment, profiter de chaque pas qui la conduit vers lui. Il faudra que plus tard, elle puisse se rappeler de tout. Elle avance sans frémir, elle se souviendra de la hardiesse qui ce soir-là l'a guidée vers la petite masure éclairée.

Le jardin lui paraît profond comme jamais. Autour d'elle, les arbres se densifient, les branches se ramifient, c'est une forêt qu'elle traverse, un sous-bois touffu et bruissant. Elle frissonne et débouche sur une clairière baignée par une lune inattendue. Des plantes grimpantes érigent une arche sous laquelle elle passe puis referment le passage et interdisent tout retour en arrière.

La remise se dresse là, juste devant elle. Elle effleure la pierre, les anfractuosités du mur, cavités, bosses, arêtes, tout lui paraît doux et harmonieux. Elle colle sa joue, son oreille contre le mur, écoute. La pierre semble respirer, toute la maison est vivante.

La lumière qui filtre vacille, vivante elle aussi.

Elle s'agenouille devant la fenêtre et, par l'interstice entre les volets, regarde, boit des yeux le spectacle qui lui est donné ; si seulement elle pouvait le graver sur sa rétine. Elle pose ses mains de part et d'autre des volets pour ne pas fléchir. Elle contient sa respiration. Elle se veut invisible, indétectable, clandestine, un pur regard sans corporalité.

Au sol, une bougie. Sur les murs, les ombres déformées et mouvantes des masses qui meublent la remise. Des silhouettes ondulantes, une danse étrange, sépia, un décor de théâtre pour jouer la scène décisive.

Et lui. Assis en tailleur, à même le sol. Les jambes en angle droit, le buste vertical comme un arbre. Il se tient de profil et fixe devant, absorbé par le spectacle des ombres chinoises sur le mur. Il a éparpillé autour de lui quelques babioles, son sac à dos grand ouvert à ses côtés. Quand l'image sur la paroi faiblit, il lève la main et brasse l'air au-dessus de la bougie pour raviver la flamme, alors la danse reprend de plus belle, les silhouettes se contorsionnent sur le mur et multiplient leurs arabesques, et elle le voit sourire, ses lèvres fines s'écartent et découvrent de toutes petites dents très blanches, sa joie exulte, une joie d'enfant, absolue. Il passe la main derrière la bougie et joue avec ses doigts pour ajouter des ombres sur le mur, un doigt brandi bien raide, puis deux, en V victorieux, trois avec le pouce crasseux qu'il tend. Il pouffe en silence, un rire étouffé, il s'amuse encore, écarte ses cinq doigts et admire les images qu'il esquisse. Quelques secondes s'écoulent et le voilà qui bâille et frotte ses yeux. Il s'est lassé. Il balance sa tête de droite à gauche. Ses yeux se tournent vers la fenêtre et glissent sans s'arrêter, un regard sans malice, élémentaire. Il s'étire comme un chat, attrape son sac qu'il roule en boule, puis s'allonge à même le sol, la tête sur l'oreiller de fortune. Son corps se détend, la couche semble confortable. Puis, d'un souffle court et puissant, il éteint la bougie. Un noir d'encre s'abat sur la remise. Il gigote encore un peu et c'est le silence total.

Anna se recroqueville sous la fenêtre. Elle tremble. La terre sous ses pieds est glacée. Elle croise ses bras sur sa poitrine, attrape ses épaules. Les brins d'herbe chatouillent ses cuisses et le vent souffle sur son dos transi. L'enfant dort. Elle a manqué l'occasion. Réveiller un enfant qui dort, c'est impensable. Toutes les mères savent ça. Une autre fois. Elle reviendra. Elle porte la paume de sa main à la bouche, y dépose un baiser qu'elle appose sur la façade de la remise. Dors, petit homme, dors. Nous avons tout notre temps.

15

« Je ne retrouve pas mes gants de golf…Tu n'as pas une idée ? »

Anna ne relève pas la tête. Tout juste si elle prête attention à Bertrand qui fourrage dans le placard de l'entrée – un minuscule espace coincé sous l'escalier et dont l'ampoule a grillé depuis des semaines, qu'est-ce qu'on attend pour la remplacer, ça ne leur ressemble pas. C'est un week-end pluvieux d'octobre, une pluie fine, insaisissable et inlassable. Installée au secrétaire du salon, elle se concentre sur son puzzle.

« Non mais c'est dingue, cette histoire, je les range toujours là, c'est un mystère… »

Bertrand est entré dans le salon, bras ballants. Il lâche un soupir de découragement.

« Anna, aide-moi ! »

Elle se laisse retomber sur le dossier du fauteuil et soupire à son tour. Ce week-end n'en finit pas. Toute la semaine a traîné. Le temps fait du surplace. Et maintenant, juste pendant le puzzle, Bertrand et ses gants. Que c'est contrariant ! Il porte sa tenue de golf, cheveux hirsutes, deux taches brunes sur les genoux de son pantalon beige – de la poussière dans le placard, il faudra qu'elle le fasse remarquer à la femme de ménage.

« Quoi ? Qu'est-ce qui se passe ? »

« Mes gants de golf, ça va faire dix minutes... Tu m'entends pas ou quoi ? »

« Tes gants ?... Pas vus... »

Elle se penche sur l'ouvrage. La phase s'annonce délicate. Un mois lui a été nécessaire pour reconstituer le premier plan du tableau de Van Gogh, les deux femmes dans les hauts herbages, les fermes avalées par les prés et la montagne bombée à l'horizon. Un long mois pour apprivoiser le tableau, pénétrer ses détours, les boucles du pinceau, un mois pour réconcilier la clarté avec les cavités d'ombre. À présent, elle s'attaque à l'étape ultime, les cyprès flamboyants. Elle a rassemblé dans le couvercle de la boîte l'amas de pièces indistinctes qui une fois agencées composeront le cœur du tableau. Ce n'est pas le moment. Elle n'a pas envie de discuter, encore moins de se lever. Elle veut juste affronter Van Gogh et les mille fragments de carton.

« Tu as cherché en haut ? »

« Ah tu crois ? Qui les aurait montés ? »

Anna hausse les épaules, on ne sait jamais, puis elle examine les pièces sous la lumière, certaines sont veinées d'or, il va falloir qu'elle fasse des tas pour venir à bout de Van Gogh.

« Bon j'ai compris, je me débrouille tout seul. Merci la solidarité ! »

Elle l'entend monter d'un pas pesant. Quelque chose s'est imperceptiblement modifié dans leur équilibre. La présence de Bertrand la dérange. Il est *toujours* là. Il suffit qu'elle se trouve dans une pièce pour qu'il y soit aussi. Il occupe plus de place qu'avant. Comme s'il avait grandi et que dans le même temps les pièces de leur maison avaient rétréci. Elle l'entend marmonner à l'étage, il veut qu'elle l'entende, qu'elle quitte le puzzle et l'aide à chercher, non mais c'est pas vrai, les choses ne disparaissent pas comme ça, c'est un vrai foutoir cette maison. Anna emboîte une pièce dans l'image, en saisit une autre qui trouve sa place à son tour, puis une autre. Elle enrage. Pour un peu, elle regretterait sa solitude, un comble quand elle repense à l'énergie déployée pour effacer les années d'avant, tristes et esseulées. Pourquoi tout le travail opéré depuis leur rencontre semble-t-il gâché ? Malgré sa vigilance, une porte jusque-là scellée semble avoir cédé et les incommensurables efforts pour vivre sans bagages ni passé sont réduits à néant. Tous les souvenirs réprimés refluent avec une vigueur incroyable. En mourant, Ava lui laisse un héritage empoisonné. La mort va de pair avec la mémoire. Les vivants sont les ponts qu'empruntent les morts pour subsister au-delà du trépas, les morts survivent dans les souvenirs des vivants, ils impriment leurs marques sur leur chair, pour le meilleur, pour le pire.

Il faut se faire à cette idée.

Ava vit toujours puisqu'elle vit en toi. Pour la faire disparaître, il faudrait que toi aussi tu partes et qu'enfin, après toi, plus personne ne se souvienne d'Ava.

« Bon, je crois que je vais y aller sans gants, Philippe en a peut-être une autre paire… »

Il est dans son dos, sa respiration brûle sa nuque. Il pose un baiser en écartant ses cheveux. Il ne peut pas la laisser tranquille.

« Anna, tu as fini ! »

Quoi encore ?

« Regarde, c'est incroyable… »

Anna vient d'assembler la dernière pièce et sur le puzzle la canopée a jailli du chaos morcelé. Les cyprès ondulent dans le ciel tourmenté, ballottés par le vent printanier. Elle reste interdite devant l'image. Comment a-t-elle réussi ?

« Anna, tu as fait ça en quoi… un quart d'heure ! Incroyable. Parfois j'ai l'impression d'être marié à une extraterrestre ! »

Il sourit, tout à la fois fier et troublé par la dextérité de sa femme, pas du tout inquiet qu'elle vienne d'un autre monde. Il a dit ça sans penser à mal, des paroles en l'air, des mots éphémères qui se désagrègent à peine éclos, inoffensifs. Pas humaine, pense Anna hébétée devant son puzzle, voilà ce que je suis.

« Et à la cave ? J'ai rangé des vieux clubs la semaine dernière, je les ai peut-être descendus par mégarde… »

Un dernier baiser sur la tempe et il traverse le salon à grandes enjambées. Droit au but. À la cave. Il aura inspecté toute la maison. Il n'est pas du genre à renoncer. Un jour – il y a un siècle –, Anna a aimé ce trait de caractère. Il va chercher partout, retourner la maison, chaque recoin, du grenier jusqu'à la cave. Il va finir par trouver. Pourquoi cette manie de tout inspecter ? Il n'a pas à tout savoir, à tout voir. Il se dirige vers la cave, parce que c'est un bon endroit pour ranger des choses et les y oublier, pour les dissimuler. La cave. Où elle a caché le cartable.

« Attends ! »

Elle se lève comme un diable de sa boîte. Bertrand sursaute. Elle l'a effrayé avec sa voix de pie. Il se retourne. En se redressant, elle a bousculé le plateau du secrétaire et le puzzle, dans un fracas de carton, est tombé. Les pièces se sont démises et jonchent le sol, accrochées par grappe.

Ils restent idiots, debout dans le salon. Contemplent le puzzle désossé.

« Anna, ce que tu peux être maladroite… »

Elle se met à pleurer. Il ne comprend pas. Tu ne vas pas pleurer pour un puzzle ? Les sanglots s'alourdissent, caverneux, ils surgissent du plus profond. Ce n'est pas le puzzle. Il s'approche, viens, Anna, elle se laisse faire, sur le canapé, qu'est-ce qui t'arrive, ma chérie ? Elle pleure encore et s'agrippe à ses mains, ne me laisse pas, n'y va pas, pas au golf, ni à la cave, nulle part. Bertrand s'effraie, je ne pars pas, mon Anna, elle pleure contre sa poitrine, Anna mon amour, les gants sont oubliés, la cave aussi, pleure Anna, ça ira mieux après, je te promets, laisse sortir le chagrin. Les larmes pleuvent sur les cyprès et les fleurs sauvages d'Arles.

16

Les deux femmes avancent tête nue malgré le crachin qui tombe depuis le matin. Elles portent le même trench-coat ceinturé, un gros sac de cuir mou à l'épaule, l'une est grande, l'autre plus petite et boulotte. Il n'est pas treize heures, mais la lumière rase déjà les trottoirs. Il y a foule dans la rue François-1er, d'autres femmes en imperméable, des hommes en costume et une bousculade de parapluies détrempés. Il faut se dépêcher, on n'a pas beaucoup de temps.

Elles entrent dans le café qui fait l'angle. Bonjour, Bruno ! Derrière le bar zingué encombré de vaisselles, torchon sur l'épaule, Bruno leur indique une table près de la vitre. Elles accrochent leur manteau au perroquet surchargé et se faufilent. Elles hésitent quelques secondes, se proposent la même place et s'installent en riant. La commande est vite passée, un « jour » comme d'habitude, fait remarquer Bruno. Après avoir déplié leur serviette blanche, elles s'accoudent, menton dans leurs mains en coupe, visages rapprochés et éclairés de côté par le jour gris. Leurs voix se greffent au brouhaha.

Diane parle sans discontinuer, même lorsque la commande arrive et qu'elles commencent à manger. Par intervalles réguliers, Anna hoche la tête ou sourit pour marquer son attention, mais elle peine à participer à la conversation. Cela ne semble pas contrarier Diane, sans doute considère-t-elle que si aucun silence n'excède dix secondes, le déjeuner sera une réussite. Ses paroles volettent sans retenue, un chapelet que l'on secoue et dont les perles s'entrechoquent dans un bruit de verroterie.

Anna apprécie beaucoup Diane mais n'a accepté qu'à contrecœur l'invitation à déjeuner « en tête-à-tête » – refuser eût été encore plus compliqué. Elle soupçonne Diane de vouloir lui changer les idées, elle est peut-être mandatée par d'autres collègues, peut-être sont-ils tous de mèche. Elle aurait préféré faire comme ces derniers jours, un déjeuner solitaire, un sandwich et un fruit derrière son ordinateur, sans faire l'effort de quitter son bureau. Elle aurait rêvassé à l'enfant qui est arrivé avec la lune. Elle l'appelle Jean à présent, en souvenir d'un album illustré qu'elle avait petite. On y racontait le voyage sur Terre de Jean de la Lune, mi-homme mi-enfant, au visage surdimensionné et blafard. Sur les pages du livre, il souriait tristement aux hommes à qui il rendait une visite contrainte et songeait sans cesse à sa lune natale et au retour impossible. Jean. L'enfant tombé de la lune.

Sa quiche aux légumes baigne dans une huile verdâtre. Elle tripote du bout de la fourchette les cubes de carotte et les minuscules champignons

– elle n'en a jamais vu de pareil, une toute petite calotte havane plantée sur un long pied. Dans sa bouche, les champignons retors refusent de se laisser attraper, ils se dérobent sous sa langue et quand elle parvient à en coincer un entre deux molaires, il lâche un jet visqueux au goût de poussière. Elle n'a pas faim.

« Anna, tu m'écoutes ? »

C'est la quiche, pense Anna, j'aurais dû y mettre plus d'appétit. Le débit de Diane s'est tari, elle la dévisage avec inquiétude. Elle cherche ses mots, elle va lui parler de sa mère, c'est certain. Comment ne pas être indélicate, mais tout de même, elle voudrait savoir, est-elle *vraiment* partie en une semaine, n'y avait-il *vraiment* pas de symptômes avant-coureurs, et elle, comment vit-elle le deuil, Bertrand est-il compréhensif... Il y a urgence, trouver un leurre, déjouer l'investigation, l'amener sur un autre terrain, peu importe lequel, la première idiotie qui te passe par la tête. Vite. Maintenant. Tout sauf parler d'Ava.

« Diane, dis-moi... Je peux te poser une question ? »

Avec des gestes précis et lents, Diane dépose ses couverts sur son assiette, tamponne la commissure de ses lèvres, lisse sa serviette sur ses genoux et jouit de l'instant. Anna va parler. Enfin. Elle a forcé le barrage. Elle a réussi. Anna va se confier à elle. L'admirable Anna Boismorel va s'en remettre à la petite Diane. Comme chaque fois qu'elle parvient à ses fins et quel qu'en soit l'enjeu, elle éprouve cette intense satisfaction qui compense toutes les humiliations. Diane est prête à tout pour réussir. Elle passe sa langue contre ses dents, la fait coulisser le long de ses gencives pour en déloger d'éventuels débris inconvenants, boit un peu d'eau et ajuste sa voix sur une tonalité grave et connivente.

« Je t'écoute. »

Anna hésite encore, elle le voit bien. Elle mordille ses lèvres, regarde de côté, n'ose pas. Le plaisir de Diane monte à mesure qu'Anna tarde, ce doit être vraiment important. Elle ajoute doucement, pour ne pas la brusquer :

« Tu sais, tu peux tout me dire, je suis une tombe. »

Une chaleur violente envahit son visage jusqu'aux cheveux dont les racines se contractent. Le feu embrase ses joues, ses tempes, se glisse derrière ses globes oculaires. Elle a fourché. Trébuché sur la dernière marche. Misérable. Une tombe. Le feu dévore sa poitrine. À la dérobée, elle jette un œil à Anna. Sera-t-elle condamnée à brûler sur le bûcher des confidences mort-nées ? Mais Anna ne semble pas avoir relevé la bourde. Leurs regards se croisent. Celui d'Anna est d'un vide abyssal. Diane se détend. Le brasier se dissipe, d'autant qu'Anna prend une inspiration et se lance.

« Diane, c'est difficile, comment dire… T'es-tu déjà retrouvée dans une situation inattendue au point que… Tout ce en quoi tu croyais, tous tes principes, tes valeurs, tout ce que tu t'étais juré de faire – ou de ne pas faire… Plus rien ne compte, parce que les choses ont changé… D'un coup… Je veux dire, une situation qui chamboule tes certitudes… De sorte qu'à la fin, tu ne sais même plus qui tu es, ni ce que tu veux ? »

Anna s'acharne depuis plusieurs minutes sur une boule qu'elle fait rouler sur la nappe, de la mie de pain piquée de miettes. C'est déstabilisant, gênant même. Cette image ne colle pas avec le personnage. La scène ratée d'un film. Coupez, on la refait. Si seulement. Maintenant qu'elle s'est tue, Anna a posé son regard de jais sur Diane et attend.

C'est quoi, cette question ?

À cet instant précis et dans une concordance improbable, un silence total s'abat sur la salle du restaurant. Tous les couverts se posent, toutes les bouches sont closes, pas un talon pour agacer le carrelage, plus de commérage ni de confidence, rien qu'un immense silence, une absence d'existences. Bruno accoudé au comptoir bâille avec indolence. Les portes battantes de la cuisine sont murées. Pas de café au percolateur. Jusque dans la rue, les voitures sont à l'arrêt, aucun passant devant la vitrine du restaurant.

Diane regarde Anna qui la regarde. Deux regards qui concentrent toute l'incompréhension du monde, une seconde de stupéfaction dans le restaurant muet. Deux chemins qui ne se rejoindront jamais, Anna recule et Diane l'observe s'éloigner, impuissante.

Quelqu'un murmure au fond de la salle, une voix s'aventure, puis ce sont une, deux conversations qui renaissent. La rumeur enfle, étouffée tout d'abord, elle s'enhardit et en quelques secondes, le restaurant est de nouveau saturé de bruit et de rires. On s'étonne, comme ce genre de phénomène est amusant, on voudrait le faire exprès qu'on n'y parviendrait pas.

Diane et Anna restent tête baissée, chacune se demandant comment échapper au fiasco sans vexer l'autre. Leurs lèvres bougent et forment des grimaces dont ne sort aucun son. Elles gardent le silence comme un rempart.

*

Anna jette un œil à sa montre. Il est près de vingt heures. Elle a travaillé sans discontinuer tout l'après-midi, un bon rendement, juge-t-elle à la pile de dossiers sur son bureau, surtout après la quiche de midi qu'elle ne finit pas de digérer. Au cabinet, elle est réputée pour sa capacité de travail, son habileté à mettre en lien tous les éléments d'une affaire sans en négliger le moindre ni perdre de vue la *big picture* comme ils disent. Elle possède une mémoire exemplaire qui fait sa gloire, son cerveau est un classeur organisé qu'il suffit d'ouvrir au bon onglet pour récupérer l'information souhaitée. On vient la consulter pour ça. Anna se souvient et tous s'extasient. C'est incroyable, Anna, comment fais-tu pour te souvenir *de tout* ? Anna sourit, flattée, mais elle pense qu'elle n'y est pour rien. Elle ne fait pas le moindre effort. Elle voit tout, se souvient de tout. Ce n'est pas toujours un cadeau.

Il fait déjà nuit. Les jours raccourcissent. Anna n'aime pas octobre, ce mois fourbe qui hésite entre automne et hiver. Elle pourrait rentrer, mais attrape encore un dossier. S'abrutir de travail.

Pierre-Pol entre dans son bureau et s'affale sur la chaise devant elle. Il soupire et se frotte le visage. De l'autre main, il tient un gobelet en plastique.

« Ah, quelle journée. »

Il frictionne ses yeux et grogne de fatigue.

« J'en peux plus… Je fais une petite pause… Un café ? »

« Non, merci, il est trop tard. »

« Moi, je peux boire cinquante cafés, rien ne m'empêche de dormir quand je me couche. »

Il sourit d'aise à cette pensée et chiffonne ses cheveux. Il s'étire, sa chemise bâille entre deux boutons. Anna l'aime bien, c'est un bon patron, impliqué, bosseur comme elle.

« On a un mal de chien sur l'affaire Benaïch. Diane et son équipe sont à la peine. La partie adverse change de ligne en permanence, et ce Benaïch... Ses histoires ne sont pas claires... »

« Vous voulez que j'y jette un œil ? »

« Oui, ce serait formidable... Je vous ai apporté le dossier. Je vous laisse regarder et on appelle les autres ? »

Pierre-Pol boit une gorgée de son café froid. Il observe Anna qui parcourt les feuillets. La lumière éclaire ses traits par en-dessous et dessine une ombre sur le mur derrière elle. La tranquillité de l'instant l'apaise. Il regarde ses paupières bombées comme un fruit. Ses cheveux brillent, ondulent. Passer la main dedans, en agripper une poignée et tirer, relever le visage. Ses doigts tournent les pages avec grâce. Il voudrait les attraper au vol, se saisir de la main comme d'un moineau, dans son poing massif la main d'Anna serait fébrile, il pourrait serrer, éprouver la résistance, et rouvrirait juste à temps pour laisser l'oiseau échapper à sa prise.

Il voudrait le faire, mais il ne le fait pas. Seuls ses yeux s'emparent des doigts qui compulsent le dossier.

Anna réprime un bâillement. La main abandonne son ouvrage et vient masquer la bouche tremblante.

« Anna, il est tard… Et moi qui vous donne du travail à cette heure… »

« Ne vous inquiétez pas, encore quelques minutes… »

Elle continue sa lecture. Pierre-Pol se tait. Elle n'a jamais réclamé d'être associée et pourtant ce serait légitime. Elle ramène beaucoup de clients et les fidélise bien. Il lui doit une bonne partie du chiffre du cabinet. Mais elle ne demande rien. Elle ne l'embête pas avec des exigences malvenues. Elle ne ressemble pas aux autres. C'est aussi pour ça qu'il l'aime.

« C'est bon. J'ai lu. Vous pouvez faire venir Diane. »

Diane s'assied devant le bureau. Elle a sa mine des mauvais jours. Appeler un autre avocat à la rescousse, c'est humiliant, qui plus est Anna… Tout le monde sait qu'en ce moment, elle n'est pas en pleine possession de ses moyens, tout le monde sauf Pierre-Pol, semble-t-il. Elle voudrait le prévenir sans se mettre en défaut. Anna a pris la parole et commente les pièces du dossier. Pierre-Pol l'écoute. Malgré elle, Diane se laisse happer par l'argumentation d'Anna, qui s'exprime avec précision, sans passion, une machine. Pierre-Pol félicite Anna quand elle a terminé et donne des consignes à Diane qui n'a d'autre choix que de les prendre en note. Dire que sa mère vient de mourir, pense-t-elle en écrivant à toute allure.

« C'est clair ? »

Les deux femmes acquiescent. Diane ne quitte pas son siège, elle s'est même adossée et semble vouloir s'attarder. Pierre-Pol aspire le fond de son café.

« On n'a pas perdu notre temps, merci à toutes les deux. On a plus avancé en dix minutes qu'en trois jours. Allez, encore un petit effort et on va en venir à bout, de ce Benaïch. Ce ne sera pas volé. Encore un usurier dans la grande tradition. Benaïch le juif, en plus ça rime. »

« Oui, vivement que le dossier soit clos. La rue des Rosiers, j'en ai plein le dos. À propos, Anna, je me suis toujours demandée, tu es de quelle origine ? Tu as un physique tellement typé... Presque oriental... Boismorel, c'est le nom de ton mari, non ? »

« Moi aussi, je me suis souvent posé cette question. Vous êtes si secrète, Anna, on ne sait rien de vous. Parlez-nous un peu de votre famille. »

Anna les considère tous les deux derrière son bureau. Ils sont roses comme des cochons, et, dans leurs yeux, l'avidité.

« Mon père était américain, d'origine allemande, mon nom de jeune fille est Ottman. Il n'y a pas grand-chose à ajouter. Une famille ordinaire, comme tant d'autres. »

« Allemande, tout s'explique ! Voilà d'où vous vient cette rigueur... On ne pourrait pas le deviner, vous êtes si brune... »

« Les caprices de la génétique… »

« Moi, je suis solognote, des deux côtés. »

« Bien française, Diane, ça se voit tout de suite ! »

Pierre-Pol s'esclaffe et Diane lui emboîte le pas, sans trop savoir quoi penser de sa réflexion. Anna a attrapé son collier et joue avec son pendentif.

Puis les rires s'étiolent et c'est le silence.

« Ah zut, le gâteau ! »

Pierre-Pol se souvient que sa femme lui a demandé de passer à la boulangerie, ils reçoivent ce soir. Il va être en retard. Qu'est-ce qu'il fait là ? Anna ne le quitte pas de ses yeux noirs, comme si elle l'avait surpris la main dans le pot de confiture. Et cette Diane qui ricane dès qu'il ouvre la bouche. Les confidences de fin de journée, ça ne lui réussit pas, il se laisse aller, trop de familiarité, il s'est oublié à bavasser avec ces deux péronnelles.

Il se lève et referme le dossier Benaïch d'un coup sec.

« Rentrez à la maison, mesdames. Allez donc cuisiner un bon repas pour vos maris qui ont travaillé dur toute la journée. Bonne soirée et à demain, on s'y remet à tête reposée. »

Pierre-Pol sort, suivi par Diane qui a murmuré un bonsoir. Ils laissent derrière eux un effluve d'eau de toilette, l'odeur des beaux quartiers, des gens bien nés, l'odeur des gens qui ne doutent de rien.

Anna lâche son collier. La croix retombe sur sa peau et s'y colle comme un mollusque. Son œil carmin rougeoie dans l'atmosphère calfeutrée de son bureau d'avocat.

17

Elle tourne la clé dans la serrure et le grincement du mécanisme fait jaillir le rire de Tina. Le cri d'une mouette, on dirait qu'une mouette vit dans cette serrure, elle crie chaque fois que je rentre à la maison, pour me saluer, tu ne trouves pas, Anna, qu'on dirait une mouette, c'est bien la seule mouette de la rue de Maubeuge ! Tina avait le sens des images et le rire facile, ses facéties ravissaient la petite Anna. Quarante ans plus tard, la mouette crie toujours, accueillant le visiteur avec la même allégresse. Anna fait aller et venir la clé dans la serrure pour entendre encore la mouette et le rire de Tina. D'un coup s'invitent aussi le parfum, la pulpe des doigts, le tintement des perles, le haut perché du « Voilààà, j'arrive ! » suivi du claquement des talons et la porte qui s'ouvre sur le sourire bordé de rouge. Sa grand-mère ouvre les bras et se penche pour l'enlacer, le buste droit, son parfum de poudre et de violette, elle la serre contre sa poitrine et lui murmure ses chatteries, bonjour ma lumière, bonjour ma gaieté, vite entre, j'ai des pâtisseries pour toi, entre ma douceur.

Elle pénètre dans le vestibule obscur et referme derrière elle. L'odeur de renfermé lui saisit les narines. Elle s'adosse contre la porte et ferme les yeux. Qu'est-elle venue chercher ? Depuis des années, il n'y a plus que désolation et solitude ici. L'appartement a perdu son âme depuis longtemps.

Elle fait quelques pas sur le parquet et entre dans le salon. Les rideaux sont tirés, qu'Ava n'a pas changés quand elle s'est installée après la mort de Tina. Depuis combien de temps n'a-t-on pas aéré ? C'est bien du genre d'Ava de ne jamais penser à ouvrir les fenêtres. Elle n'avait aucun goût pour la décoration ni pour tout autre forme de raffinement. Presque tout le mobilier appartenait à Tina. Ava a repris les lieux en y ajoutant quelques meubles dépareillés, par pure fonctionnalité, sans voir les tissus se faner année après année.

Anna allume une petite lampe sur un guéridon. L'ampoule grésille et jette une lumière blanchâtre sur le salon. Que cette pièce est triste ! Chaque meuble semble flotter à quelques centimètres au-dessus du parquet, comme dégoûté de reposer sur le sol. Cette déliquescence. Ava a-t-elle attrapé sa pneumonie ici, allongée sur le canapé raidi de poussière, à respirer cet air vicié ? Il faut peut-être faire vite. Ne pas traîner. Du salon Anna ne veut rien. Continuer.

Elle s'avance dans le couloir. À droite la cuisine. Surtout ne pas regarder. La vaisselle souillée dans l'évier. La chaise tirée au milieu de la pièce, laissée de travers, on est parti précipitamment. Les aliments oubliés dans le frigo ou dans les placards, peut-être sur la table, grouillants de micro-organismes, des champignons sur les biscottes, des mites dans la farine, des larves remontant le long des murs, partout la vie bactériologique qui reprend le dessus dès qu'on a le dos tourné. Ne pas respirer. À gauche, une chambre, porte fermée. A-t-on jamais dormi ici ? Puis le couloir fait un coude. Dans l'angle les toilettes. Est-ce toujours comme avant ? Les toilettes très hautes, glaciales sous les fesses. Le réservoir perché d'où pendait une chaîne et sa poignée de plastique difficile à atteindre, l'effrayante trombe d'eau qui semblait ne jamais vouloir s'arrêter. La forme étrange à l'intérieur de la cuvette, avec en lieu et place d'un trou, un replat. Vite. Avance. Dans la deuxième partie du couloir, on s'enfonce vers le fond de l'appartement. Les pièces donnent sur une toute petite cour qui a toujours fait la joie des pigeons. L'ancienne chambre de Tina. La porte est entrouverte. L'interrupteur est sur le côté gauche, elle se souvient. Elle entre, frôle un fauteuil – un crapaud, l'appelait Tina. La soie verte poisse. Ne touche à rien. Contente-toi de regarder. Vois, le lit énorme où tu te vautrais enfant, il n'était pas souvent fait, la couverture piquait. Elle a disparu, à présent le matelas est recouvert d'un couvre-lit qu'Anna n'a jamais vu, un truc indien ou africain avec des petits miroirs cousus dans le tissu. Les deux poufs avec les franges, tu les tressais trois par trois, assise en tailleur sur la moquette. La coiffeuse, nue, vide. Qu'y avait-il sur le plateau de marbre ? Tu entends encore Tina qui râlait, je n'ai plus de place sur cette coiffeuse, un jour il faudra que je fasse un tri, hein, ma princesse, regarde-moi ça, tous ces machins de bonne femme. Où sont passées les babioles ? Il n'y a plus rien sur la coiffeuse, qu'y avait-il de si important sur la coiffeuse, pourquoi est-il impossible de saisir le souvenir qui se refuse à nous ?

Sur le miroir au-dessus de la cheminée, il y a quelque chose, approche-toi. C'est une photo. Je déteste les photos. Viens voir.

Elle attrape le papier jauni et tire. Il est coincé sous le montant, il ne vient pas facilement. Elle tire encore et déchire un angle qui reste sous le bois. Je n'y vois rien. Allume le chevet, bécasse.

La photo a été prise au bord de la mer, mais Anna ne reconnaît pas le lieu, il lui semble même n'avoir jamais vu le cliché. Pourtant, elle est dessus. Six, huit ans ? Pas plus de neuf ans c'est certain, la photo a été prise avant la Providence. Elles posent toutes trois sur une jetée devant la mer. Anna est debout entre les deux femmes, elle leur tient la main, radieuse. Deux couettes basses tombent sur ses épaules. Sa mère rouspétait toujours qu'aucune barrette ne tenait dans des cheveux si raides. À droite, il y a Tina, souriante aussi, avec une jupe blanche et des espadrilles lacées, un petit pull foncé, cintré. Elle est maquillée, ses cheveux noirs relevés en chignon, deux clips dorés aux oreilles. De l'autre côté, Ava, en short, une grande mèche blonde tombe sur son front qu'elle repousse de sa main libre, peut-être un coup de vent qui l'a décoiffée au moment de la photo.

La scène n'éveille pas le moindre souvenir à Anna. Les sourires, les yeux ravis, le vent qui souffle sur la jetée, les mains entrelacées, le sable dans les sandales, peut-être les glaces qu'on a mangées. La douceur d'être petite, d'être une enfant avec sa mère et sa grand-mère. Rien. Il ne lui reste rien du tout.

Tu es venue chercher ça ? Un souvenir de famille ?

Non. Cette photo est un leurre. Ça n'a jamais existé. C'est un hasard. Un photographe chanceux. Je ne suis pas venue chercher ça.

Alors, continue. Vas-y. Cherche encore.

Anna entre dans la chambre de sa mère. D'emblée, elle sent l'hostilité. Elle dérange. L'air plus lourd dans ses poumons exige un effort pour inspirer, expirer. Il va falloir faire vite. La chambre prend le relai d'Ava, elle va repousser Anna tel un organisme parasite qu'il faut éjecter au plus vite.

Elle se dirige vers le secrétaire. C'est là qu'on range les papiers importants. Que lui faut-il ? Un livret de famille ? Elle n'en sait rien. Simplement voir. Puis tout partira chez Emmaüs et on n'en parlera plus.

Elle commence par les tiroirs du haut mais les boutons qui font office de poignée cèdent sous ses doigts, l'obligeant à attaquer le meuble au coupe-papier. Relevés bancaires, analyses de laboratoire, souches de carnets de chèques, quelques photos – des inconnus hilares et Ava, jeune femme. Anna sent la colère s'intensifier à mesure qu'elle pénètre cette intimité qu'elle a toujours répugné à approcher. Qu'est-ce que je fais là, répète-t-elle, cherche, lui répond la voix, mais quoi, gémit-elle, elle enrage et jette au sol le contenu des tiroirs, des piles, des stylos, une prise multiple, elle envoie à travers la pièce une paire de ciseaux, une agrafeuse, des boîtes de médicaments qui cognent contre les murs et renversent des bibelots sur les tables.

Une fois le haut de secrétaire nettoyé, elle s'accroupit sous l'abattant, devant la double porte du placard du bas. Pas de clé, serrure verrouillée. Anna s'est toujours méfiée des portes fermées à clé. Surtout lorsqu'il s'agit d'Ava. Il ne fallait pas désobéir à Ava. Elle l'avait prévenue, si ça continue, ce sera la pension. Anna avait fait de son mieux mais elle ne parvenait pas à comprendre ce qui devait cesser et rapidement la pension était devenue inévitable. Tina s'y était opposée, allant même jusqu'à proposer de prendre Anna avec elle – oh oui, maman, je t'en prie, laisse-moi aller vivre chez Tina… Ava criait et Anna s'efforçait de rester étanche à la voix de sa mère. Si j'arrive à me protéger de sa voix, pensait-elle, si j'arrive à oublier son visage, son odeur, le galop de ses pas dans le couloir, alors peut-être serai-je sauvée. Si je reste muette, sourde et sage comme une image, alors peut-être me gardera-t-elle auprès d'elle. Mais après avoir installé Anna dans la petite chambre de la Providence et s'apprêtant à repartir vers Paris,

Ava avait pris entre ses mains le visage de sa fille, elle l'avait fixée quelques instants avec ce regard intense et effrayant et avait murmuré :

« Regarde-moi bien, Anna, regarde-moi comme je te regarde, souviens-toi de moi-même quand je ne serai plus là, que mon image soit à jamais gravée dans ta mémoire, comme le sera la tienne dans la mienne. »

En dépit de sa ténacité et obéissant malgré elle à l'injonction de sa mère, Anna n'avait jamais pu oublier le grain de peau, la tessiture de la voix, l'odeur des cheveux. La gravure s'était imprimée au plus profond. Le vœu d'Ava s'était-il vraiment accompli ? Comme un animal, elle avait été marquée au fer – elle était la propriété de sa mère.

Elle glisse le coupe-papier dans les interstices du placard qui refuse de s'ouvrir. Elle lutte quelques instants, l'acajou gémit, résiste, tient bon. Elle laisse le coupe-papier et envoie un coup de pied furieux sur les portes qui explosent dans un fracas de bois. L'appartement tressaute et au loin du verre se brise. Elle éparpille le contenu du placard par terre et brasse les papiers à grands gestes rageurs. Pourquoi diable Ava a-t-elle gardé toute cette paperasse ?

Puis vient se glisser entre ses mains un petit paquet d'enveloppes retenues par un pince-notes et, d'un coup, le raffut se calme. Anna examine la liasse. Les poignées de la pince sont repliées et les enveloppes bien alignées. Il y en a quatre ou cinq. On a pris soin de les attacher ensemble. Les enveloppes sont bordées de liserés rouge et bleu, de ce papier fin et presque transparent de la correspondance par avion. Elle reconnaît le timbre américain. Son cœur s'affole. Elle relève les tiges métalliques, exerce une pression pour écarter la pince, ses mains tremblent. Les enveloppes libérées sont légères comme un souffle. Le papier crisse sous ses doigts. L'une d'elles émerge de la pile, plus lourde, en papier ivoire grainé. Elle est bordée d'une large bande verticale noire dans lequel est détourée une étoile de David. La lettre est adressée à Ava et Anna Ottman, à leur ancienne adresse rue de la Convention. Les autres lettres sont pour Ava.

Ava et Anna Ottman. Que l'image est étrange ! Pour la première fois, Anna est frappée par la proximité entre leurs deux prénoms. Cette symétrie, l'harmonie des sons, l'allitération des voyelles, c'est presque joli. Les prénoms semblent se suivre, comme une portée de canetons. Et pourtant. Quelques lettres insignifiantes, disséminées çà et là, suffisent pour que se pervertissent l'ordre et la beauté. À quoi tient l'altérité ? À trois petites consonnes de rien ? Malgré leur ressemblance, les deux prénoms rebondissent l'un contre l'autre comme deux aimants qui se repoussent. Et ce patronyme qui les chapeaute toutes les deux, ce « Ottman ». Aucune de ces deux femmes n'existe plus – ont-elles jamais vécu ? Ava ne fut la femme de Simon Ottman que quelques années ; peu après le départ de son mari, elle reprenait son nom de Strauweiss. Quant à Anna, elle a tellement endossé le rôle d'Anna Boismorel qu'elle peine à se souvenir d'avant. À quelle bizarrerie doit-on sa vie ? Anna a toujours un peu douté de la réalité de son père, comme si Simon Ottman n'avait été qu'une invention d'Ava, une chimère. Elle n'avait pas de père. Voilà tout. Elle n'était ni la première, ni la dernière.

Elle fait tourner la lettre entre ses doigts. Qui a voulu s'adresser à elles deux ? Quelle main ignorante a rassemblé leurs noms comme s'ils formaient une entité *normale* ? Le cachet indique qu'elle a été postée à Boston en octobre 1973 alors qu'Anna avait treize ans. L'enveloppe a été ouverte, sans doute son contenu a-t-il été lu puis on l'a remis à l'intérieur et le rabat de l'enveloppe a été glissé pour bien la refermer.

Elle tient entre ses mains un avis de décès. Venant de Boston. Envoyé depuis plus de trente ans. Décacheté, lu, archivé, oublié. Il lui était aussi destiné, mais on n'a pas jugé utile de l'en informer. Simon Ottman, son père, est mort depuis 1973. D'une pierre deux coups, c'en est fini de ses deux parents. Père et mère. C'est radical, sans appel, rondement mené.

Quelque chose craque dans l'appartement et en relevant la tête, elle a la nette impression que le mur du fond vacille. Puis à droite aussi, le mur met à osciller, et c'est toute la pièce qui chancelle, comme si l'air aspirait en son centre les murs qui menacent d'un instant à l'autre de s'effondrer sur eux-mêmes. Elle va se retrouver coincée, enfouie sous les ruines du passé, sous les décombres des mensonges. Elle va y rester, si elle ne prend pas garde. Le visage de l'enfant traverse soudain son esprit. Il est seul dans la remise. Si elle manque à l'appel, qui prendra soin de lui ?

D'un trait elle se relève, met les lettres dans son sac et se précipite jusqu'au vestibule. Elle claque la porte avec violence et dévale l'escalier qui se rétrécit à chaque pas. Elle se rue dans l'entrée de l'immeuble jusqu'à la porte cochère qui ne s'ouvre pas, elle s'acharne sur la poignée, l'immeuble s'agite de toutes parts, se recroqueville, vite, il faut sortir. Enfin, la porte cède et c'est la nuit froide qui l'accueille. Malgré l'heure peu tardive, les trottoirs sont vides, seules quelques ombres furtives dans les rues. Sa voiture est garée au coin de la rue Lamartine, à cinquante mètres à peine. Elle essaie de courir, mais ses jambes sont comme engluées dans le bitume. Au prix d'un immense effort, elle se traîne vers sa voiture qui s'éloigne à mesure qu'elle avance. Dans son dos, elle entend un rire énorme, assourdissant, le rire sardonique de l'immeuble qui se moque du rythme entravé de ses pas.

18

À mesure que les hommes avancent vers la voiture, Anna reconnaît le type à côté de Bertrand, c'est un de ses collaborateurs, elle a oublié son prénom, Georges, ou Jérôme peut-être. Elle se souvient que Bertrand l'apprécie ; un jour il lui a dit, on peut compter sur lui. Ils marchent dans l'allée qui longe l'usine, ils discutent avec animation. Il leur reste un tas de choses à se dire, pourtant ils viennent de passer près de dix heures ensemble. Bertrand l'a vue dans la voiture, il a fait signe de la main, pourtant il ne se presse pas. C'est elle qui a proposé de venir le chercher, ta voiture est à la révision, ce sera plus agréable que de rentrer en train. C'est gentil, a-t-il dit, merci Anna. Les deux hommes s'approchent, Bertrand a dû plaisanter, Georges (ou Jérôme) éclate de rire. Il est plus petit que Bertrand et trottine pour garder l'allure. Il est emmitouflé dans une parka kaki dont dépassent les pans de sa veste de costume. Une écharpe volumineuse ceint son cou, dont émerge une tête pâle et dégarnie. À ses côtés, Bertrand a l'air d'un géant. Chacune de ses grandes foulées exprime sa stabilité, sa souplesse. Son long manteau noir allonge encore sa silhouette. Il passe une main dans ses cheveux blonds décoiffés par le vent et écoute le petit bonhomme avec attention. Il est souriant, convivial. Tout semble si normal. Pauvre Bertrand. Il ne sait rien de la folie des femmes.

Ils se serrent la main devant la voiture et elle les entend se souhaiter un bon week-end. Bertrand s'engouffre dans un courant d'air glacé.

« Ouh qu'il fait froid… Bonsoir, Anna, ça va ? »

Un baiser vite échangé et elle démarre. L'usine est au nord de Paris, à trois quarts d'heure de la maison. Quand il a racheté l'entreprise, elle était au bord de la faillite et connaît à présent une croissance impressionnante. La spécialisation, répète-t-il, c'est ça, le secret de la réussite. Un créneau pointu, ultra-ciblé, des savoir-faire uniques… Bertrand est un concepteur, un ingénieur. Il est ingénieux. Elle l'admire pour ça – elle qui ne sait que compter, répertorier, organiser, qui n'imagine jamais rien. Quand Bertrand parle de son travail, il dit, je suis dans le génie civil et les gens s'exclament, comme c'est intéressant. Il raconte avec brio ses inventions, ses brevets, ses contrats. Il crée de la valeur. Chemin faisant, il a trouvé sa place dans le monde.

Il étend ses jambes dans le petit habitacle. Pas mécontent d'être vendredi soir, soupire-t-il dans un bâillement. Quelle fatigue.

Anna conduit à touche-touche sur l'autoroute bondée. Tant de destins qui se côtoient et dont on ignore tout. Elle se sent misérable. Et tellement seule.

« Alors, quoi de neuf aujourd'hui ? »

Il tente une conversation, il fait comme d'habitude. Il aime parler et écouter les histoires d'Anna.

« Tu en es où, sur le dossier Benaïch ? »

Il doit penser qu'il est préférable de s'en tenir au travail. Pour le reste, c'est compliqué en ce moment. Anna a fait un compte rendu confus de sa visite à l'appartement de sa mère. Il y a des lettres, qu'elle ne veut pas lire pour l'instant. Il s'inquiète mais ne veut pas trop le montrer. Et puis, c'est important le travail, c'est salvateur.

Elle répond du mieux qu'elle peut et le questionne à son tour. Ils sont sur un *énorme* appel d'offres, il raconte des anecdotes, comme il a su déjouer telle embûche, il est content de la tournure des choses. Il parle bien, parfois ajoute un trait d'humour, il a du recul, de l'esprit. Elle écoute la rectitude de ses paroles et ce qu'elle entend renforce encore son sentiment d'être désaccordée. Comment leurs routes ont-elles pu se croiser ? Sur quel malentendu a-t-il pu l'aimer ? Depuis des semaines, elle camoufle un enfant dans leur remise, un enfant qu'elle se contente d'observer à travers les volets, la nuit quand il dort, parce qu'en plus d'être menteuse, elle n'a pas le courage d'affronter la situation. Elle escroque Bertrand et perpétue la tradition transmise de mère en fille, elle s'est empêtrée dans un mensonge extraordinaire – un talent familial qu'elle maîtrise à la perfection. Comment les événements se mettent-ils en place, selon quel ordonnancement, et surtout, dans quel dessein ?

« Bertrand ? »

« Oui ? »

« Est-ce que tu m'aimes ? »

Il tourne sa tête et la regarde. Elle quitte la route des yeux et lit dans le regard de Bertrand l'étonnement, l'embarras, la consternation.

« Anna, quelle question... Bien sûr que je t'aime... »

La lassitude dans sa voix.

« Non, ce n'est pas ça que je voulais te demander en fait... La question, c'est plutôt, pourquoi tu m'aimes ? »

Il regarde de nouveau devant lui, à perte de vue des phares d'automobiles, mille lucioles rouge scintillant, des rubis, les yeux du diable.

« Pourquoi je t'aime... »

Il soupire.

« Mon Dieu, Anna… Je suis crevé… »

« Oui, je sais. Juste une minute. Si tu essaies de te souvenir, au début… Qu'est-ce qui t'a plu chez moi ? Souviens-toi, à New York ? Pourquoi moi et pas une autre ? »

« J'en sais rien, ma chérie, depuis le temps… Je ne me souviens pas. Je t'aime, voilà tout, c'est une évidence, je le sais, je n'en doute pas. Je n'ai pas besoin de me demander pourquoi. Surtout après toutes ces années ! »

« Un détail. Rien qu'un. S'il te plaît. »

Sa voix se fait chatte. C'est nouveau, ça. Elle sait faire ça. Elle n'en avait pas la moindre idée. Elle réessaie.

« S'il te plaît… Mon amour… C'est amusant, non ? »

Oui, elle peut le faire.

Ça a l'air de marcher, il la regarde, attendri.

« D'accord, si tu y tiens… Je cherche. Juste un détail, pourquoi toi… Et pas une autre… Tiens, je sais. C'est à cause de ton appétit. »

« Quoi ? »

« J'ai aimé comme tu as dévoré ton assiette, quand on a dîné, le premier soir. Tu as tout avalé en quelques secondes à peine, je me suis dit, quel appétit ! Et les autres soirs, après, c'était pareil. Tu ne faisais pas de régime, pas de pinaillages. Ça m'a plu. J'ai pensé que tu serais une femme formidable, pleine d'énergie, de détermination. Ça te va ? »

Il sourit, content d'avoir trouvé. Il se débrouille bien.

Elle ne répond pas. Elle réfléchit. Son appétit. Pourquoi pas. C'est mieux que le vide sidéral dans lequel elle a chaviré depuis des semaines.

Il prend à son tour une voix de conspirateur.

« Et toi. Est-ce que tu m'aimes ? »

Attention. Les mots parlent à votre place, et, malgré vous, ne disent pas toujours la vérité.

« Alors, Anna ? Tu me poses des questions pas possibles, je te réponds, et toi… Alors, pourquoi tu m'aimes ? »

Il y a de plus en plus de voitures. Elles viennent de derrière, de devant, de toutes parts, elles se rapprochent, frôlent, enserrent, sournoises, elles tendent des pièges, des chausse-trappes, elles susurrent des complaintes incompréhensibles, il y en a partout, même par-dessus, elle lève la tête, qu'y a-t-il dans le ciel qui leur tombe dessus ?

Boum.

Le choc n'est pas très violent, mais, sans le moindre doute, elle vient d'emboutir la voiture de devant.

« Putain, Anna, tu peux pas faire attention ! »

Bertrand ne dit jamais de gros mots. Elle a dépassé les bornes cette fois-ci.

*

« Tu veux une tisane ? »

Anna acquiesce d'un sourire. Chaque soir il propose, chaque soir elle accepte, et ce soir, malgré tout, il ne déroge pas à la règle. Ce sont ces rituels-là qui forgent le socle du bonheur. À cet instant précis, elle sait qu'elle doit se ressaisir.

La voiture n'avait rien. Elle s'est confondue en excuses, larmes aux yeux. Elle fait tout de travers en ce moment. Il s'est excusé aussi pour sa réaction, déplacée. On se fiche de la tôle froissée. Ils se sont embrassés sur l'autoroute, dans la lumière rouge des phares. Derrière eux, les voitures ont klaxonné. Tout le monde était pressé de rentrer.

Elle étend ses jambes sur le canapé et se couvre du plaid. Il fait froid, un froid inhabituel pour octobre, cette année bat tous les records d'anomalies météorologiques. Mais dedans, il fait délicieux. Un feu meurt dans la cheminée. Le chauffage au sol diffuse une chaleur homogène. Les coussins du canapé sont douillets, les lumières douces, c'est une fin de soirée paisible comme ils en ont vécu des milliers et comme ils en vivront encore.

Bertrand revient avec le petit plateau et s'assied à côté d'Anna. Elle boit le liquide brûlant. L'arôme des plantes l'engourdit. Elle se serre contre l'épaule de Bertrand qui change sans cesse de chaîne de télévision. Dans sa somnolence, elle le sent contre elle. Il est présent, il répond à sa demande tacite, il la comprend. Pour rien au monde, il ne faudrait que ça change. Le reste ne compte pas.

« Il est tard, on regarde les infos et on monte ? »

Bertrand bâille. Il a posé ses pieds sur la table basse devant le canapé. Il se gratte le crâne. Tout son corps se prépare à la nuit. Il s'arrête sur une chaîne d'information en continu. À l'écran, une jeune femme rabâche son texte en souriant. La caméra cadre un plan serré, le visage de la présentatrice remplit l'espace. On aperçoit le haut de son chemisier, une soie sombre et brillante. Elle a de grands yeux noirs, bordés de longs cils très maquillés et son regard papillonne sans cesse. Son teint parfait irradie un éclat irréel. Elle raconte la journée dans le monde. À son poignet, une montre dorée attrape la lumière. Ici des morts, là-bas des morts. Une crise en chasse une autre, bien plus grave. Dans un salon Napoléon III, des ministres s'injurient, ils en sont presque venus aux mains. Bertrand bâille de nouveau.

« On regarde la météo et on éteint ? »

Une autre jeune femme prend la parole. Cette fois-ci, on la voit en pied. Sa silhouette juvénile s'est immobilisée dans une pose académique de danseuse. Ses bras s'agitent pour imager les affres du temps. Elle porte une jupe très courte et un tout petit pull qui moule sa poitrine. Elle annonce le froid. Un grand froid en provenance directe du pôle, qui descend en trajectoire circulaire jusqu'en France et envahit le pays pour au moins une semaine. Des températures de janvier. Puis un reportage montre des gens transis sur des cartons kraft. Des vieillards hirsutes qui ânonnent en exhalant un souffle blanc, des femmes et des enfants hagards, assis sur un trottoir. Cela se passe à Paris, indique la jeune femme, le Samu social fait de son mieux pour protéger les sans-abri, mais la tâche est rude tant ils sont nombreux et souvent récalcitrants à toute forme d'aide. La caméra fait un gros plan sur le visage d'un enfant, ses joues sont sales et ses cheveux en bataille, il regarde vers l'objectif, l'œil buté.

« Je suis crevé, je vais me coucher. Tu viens ? »

Bertrand se lève et débarrasse la tasse vide. Anna l'entend dans la cuisine, de l'eau dans l'évier, puis les marches qui grincent dans l'escalier.

« Tu éteindras ? »

Il est monté.

Elle ne peut pas bouger. La lumière cuivrée, les murs épais qui l'entourent et le toit par-dessus sa tête. Les étoffes confortables. Comment a-t-elle pu ? Comment peut-elle ? Une conscience brutale s'abat sur elle comme le froid sur la ville et la transit comme si elle sortait d'une torpeur qui dure depuis des jours, que dis-je, des semaines ou des années… Comment a-t-elle pu ? Ne pas voir, ne pas imaginer ? Comment peut-elle chaque soir se glisser dans ses draps de percale, se réchauffer les pieds sous sa couette de plumes, comment peut-elle se doucher à l'eau brûlante ou prendre des bains interminables, porter une lingerie à la maille homologuée pour les expéditions polaires, comment peut-elle transpirer dans sa maison surchauffée et ne pas penser au froid glacial qu'il fait, la nuit ?

Quelle sorte d'individu est-elle ? Quelle mère peut laisser un enfant dormir dehors, quand il fait si froid ?

Comment a-t-elle pu ?

Sous le plaid, son sang s'est figé dans ses veines. Et si l'enfant mourait de froid ? Et si un matin elle retrouvait le petit corps inerte, raidi et bleui de froid, peut-être mort depuis plusieurs jours, prisonnier pour toujours de la remise ?

Comment a-t-elle pu oublier *à ce point* la tristesse d'être un enfant, seul, et laisser l'histoire se répéter ?

Elle ne peut plus continuer ainsi. Cette certitude la terrasse, c'est limpide, c'est évident. Si elle veut changer – et elle le veut vraiment –, si elle veut devenir mère, il faut qu'elle cesse d'être cette sorte de monstre.

« Tu montes, Anna chérie ? »

La voix étouffée de Bertrand, au loin, tout en haut.

Elle n'a plus le choix. Elle doit l'affronter et faillir à leur pacte. Il devra comprendre qu'à présent, il y a un enfant. C'est comme ça. Un enfant est venu vivre dans leur remise, personne n'est fautif. La donne a changé. On ne peut plus reculer. Elle lui parlera demain. Ou ce week-end. Elle trouvera comment dire, il comprendra. Elle se fixe un objectif, une *deadline*. Noël. Ils passeront Noël tous les trois. Ça laisse un peu de temps pour trouver l'occasion et les mots adéquats. En attendant, elle apportera des couvertures, des pulls, de quoi le faire patienter, elle déposera des jouets, des livres. Jusqu'à ce qu'elle parvienne à parler à Bertrand.

Elle monte.

Dans le salon plongé dans l'obscurité, les braises rougeoient encore, mais elle a pris soin de replacer la grille devant la cheminée pour les escarbilles.

Qui viendra le chercher, si ce n'est elle ?

19

Qui viendra me chercher maintenant, si Ava m'oublie ?

Ou pire, si elle meurt ?

Qui se souviendra de moi, à des centaines de kilomètres de Paris, seule dans le froid et dans la nuit ?

Que feront les sœurs si personne ne me réclame, si week-end après week-end, vacances après vacances, je *reste* ?

Que fait-on des enfants abandonnés à la Providence ? On les place ? On les donne ? Prévient-on la famille ? Quelle famille ? Personne ne connaît mon existence. Ni mon père, ni les frères ni les nièces de Tina, tous sont loin et se fichent de moi.

Comment les choses vont-elles se passer maintenant ?

Sa mère n'a pas donné de détails, comme d'habitude. Au téléphone, elle n'est pas bavarde. Les sœurs sont venues la chercher au réfectoire pendant le dîner, c'était inhabituel et toutes les filles se sont tues quand elle s'est levée pour suivre sœur Hortense. Elles ont longé les tables où plus une fille ne mangeait, bouche bée à les regarder passer le long du mur. Anna marchait tête baissée pour ne pas croiser leurs regards inquisiteurs, elle comptait les dalles noires et veillait à ne pas mordre sur les jointures, inquiète. Que lui voulait sa mère un soir après dix-huit heures ? Depuis quatre ans qu'elle était à la Providence, elle n'avait jamais téléphoné en dehors des horaires autorisés. Elle a suivi la sœur et s'est retrouvée dans le bureau de l'intendante. On n'y allait pas souvent, c'était mauvais signe quand on s'y retrouvait. Alors Anna a frissonné ; quelle mauvaise nouvelle allait encore lui tomber dessus ? Elle a saisi le combiné – dieu, qu'il était lourd et froid. Elle a placé l'appareil contre son oreille, allô, a-t-elle murmuré, maman ? Sa voix frêle a résonné dans la pièce. Sœur Hortense s'était assise derrière le bureau et lui tournait le dos. Allô, maman, a-t-elle répété parce que personne ne répondait, tu es là ?

Ava a parlé, de sa voix nerveuse, elle a dit que Tina était morte, c'est arrivé ce matin chez elle, elle est morte dans son lit, en dormant, et maintenant elle est au ciel, il ne fallait pas être triste parce que les morts sont heureux, souvent plus que les vivants. Anna n'a pas su quoi dire et elle a attrapé une boule qui traînait sur le bureau de l'Intendante, c'était une mappemonde gravée dans du verre, elle a voulu chercher la France mais l'a vite reposée sur son socle en jetant un œil à sœur Hortense pour vérifier qu'elle ne l'avait pas vue faire. Elle perdait la tête à toucher à tout dans le bureau de l'Intendante. Tu m'entends, a dit sa mère, oui, s'est-elle empressée de répondre, alors dis quelque chose sinon j'ai l'impression de parler dans le vide. Anna a dit, qu'est-ce qui va se passer maintenant.

Ava a soupiré. Maintenant il va falloir que je m'occupe de ses obsèques, figure-toi que ta grand-mère a dit qu'elle voulait être enterrée en Israël.

Anna a chuchoté, comment elle te l'a dit si elle est morte dans son sommeil ? Sœur Hortense a gigoté dans le fauteuil et a passé un doigt dans l'encolure de sa robe.

Tu as toujours de ces questions, toi alors, s'est énervée Ava, je le sais, voilà tout, arrête de vouloir tout comprendre, certaines choses ne regardent que les grandes personnes.

Anna a voulu répondre qu'elle avait presque douze ans mais elle s'est tue. Ava a continué, maintenant tu vas aller te coucher, mon chou (mon chou ?). Je ne vais pas pouvoir venir te chercher le week-end prochain, ça va être trop compliqué mais je viendrai le suivant, enfin, je te préviendrai si ça ne colle pas, va vite, repasse-moi sœur machin, bonne nuit Anna. Il n'est que dix-neuf heures, maman, je ne vais pas me coucher tout de suite, a-t-elle répondu, puis elle a passé le téléphone et a attendu que la conversation se termine. Sœur Hortense l'a raccompagnée au réfectoire, dans le couloir elle a posé une main sur son épaule et a dit, demain nous dirons une prière pour ta grand-mère ; puis Anna s'est rassise, son assiette avait été débarrassée alors qu'elle n'avait pas terminé et elles en étaient déjà au dessert. En épluchant son fruit, elle a pensé, qui viendra me chercher maintenant si Ava m'oublie ou, pire, si elle meurt ?

*

Anna se dévisage dans le miroir. Sans complaisance elle examine ses yeux, les cernes, les plis qui entourent sa bouche. Elle palpe la peau de ses joues, de son cou. Les années se lisent sur son visage, sans conteste elle vieillit. Elle observe les rides, la racine de ses cheveux noirs zébrée de fils blancs. Puis elle se recule et saisit une vue d'ensemble, tente de se voir comme une inconnue. Une femme sérieuse, très brune, aux yeux sombres un peu écarquillés. Une bouche droite, ni gaie ni triste. Elle ne ressemble pas à Ava, mais retrouve un air de famille avec Tina. Ressemble-t-elle à son père Simon, à son grand-père Max ? Son visage s'est figé depuis des décennies dans une neutralité qui la protège du pire. Pas vraiment aimable. Pas désagréable non plus. Vit-elle ? Elle pourrait en douter.

Une prière lui revient. Un psaume qu'elle chérissait à la Providence, qu'elle répétait les soirs lorsque la solitude pesait. Elle chuchotait les paroles en contemplant l'image sainte donnée pour sa profession de foi, Marie dans sa longue robe portant l'enfant Jésus, auréolée d'une lumière d'or, cheveux épars sur ses épaules, une immense pureté dans le regard. Ainsi, il était possible d'aimer à ce point...

Ô Marie, Mère de l'Amour,
nous voici devant toi avec nos joies,
nos désirs d'aimer et d'être aimés.
Nous voici avec le poids des jours,
avec nos misères, nos violences et nos guerres.
Mais l'amour est plus fort que tout,
nous croyons qu'il existe encore
car l'amour vient de Dieu.

Elle murmure la prière et voit dans le miroir ses lèvres bouger. Les paroles prennent un sens inédit, elles ont été écrites pour elle, il y a des siècles.

Malgré Ava. Malgré Tina. Elle aimera. Comme Marie, elle aimera un enfant. L'amour est plus fort que tout.

20

« Anna ? »

« Oui ? »

« Je peux te parler ? »

« Qu'est-ce qui se passe ? »

« Rien… Enfin… Je ne sais pas… C'est juste que je m'inquiète… Tu n'as vraiment pas l'air bien… »

« Comment ça, pas l'air bien ? »

« Je ne sais pas… Distraite, contrariée… Ailleurs, loin, très loin… Même moi parfois, j'ai l'impression de devenir transparent. Je sais ce que tu traverses, le décès de ta mère, et apprendre comme ça que ton père est mort depuis des années… Tu n'en parles pas mais je vois bien que tu ne vas pas bien… Tu gardes tout pour toi, ce n'est pas bon. Il faut faire attention, parler, te confier, surtout ne pas rester seule à ressasser tout ça... Je ne t'ai jamais vue comme ça... Tu peux me parler, tu sais ? »

« Ben oui... »

« C'est pas rien de perdre un parent, je me souviens quand mon père est mort, le bazar que ça a mis... »

« Ça n'a rien à voir. Il va falloir arrêter de me parler de la mort d'Ava, ça commence à bien faire. Je vais bien. Ce n'est quand même pas moi qui ai attrapé cette pneumonie. »

« Mais je ne t'en parle jamais ! »

« Non, mais je me sens observée... Toi... Au cabinet... Vous guettez tous si je vais craquer... Il faut stopper ça, ça n'a rien à voir avec ça. »

« Comment ça, rien à voir avec ça... Anna, il faut accepter, même si cela te déplaît, que la mort de ta mère puisse t'affecter... »

« Ça n'a rien à voir, je te dis. »

« Viens près de moi, laisse ton livre... Là, mets tes pieds sous mes cuisses comme tu aimes... »

« ... »

« Je te connais, tu sais, tu ne peux rien me cacher, je vois bien que tu es patraque... »

« ... »

« Tu peux me parler, tout me dire, ma petite fille… »

« Je peux tout te dire ? Tu en es certain ? »

« Tu en doutes ? Anna, voyons ! »

« Alors d'accord. Je vais te dire quelque chose. »

« Voilà une bonne nouvelle ! Anna, ma poupée, dis-moi ce qui te tracasse… »

« Attends. C'est difficile. »

« Ça ne peut pas être si terrible, ma toute petite… Je t'écoute, mon ange, je suis tout ouïe. »

« Je me demandais… »

« Oui ? »

« Ce que tu dirais si… »

« Ce que je dirais si ? »

« Si… »

« Si ? »

« Si on avait un enfant. »

« Un quoi ? »

« Tu m'as très bien entendue. »

« Tu es enceinte ! »

« Enceinte ? Diable non !... C'est juste une question, comme ça... Théorique... »

« Une question théorique ! Voyons, Anna, un enfant c'est tout sauf théorique ! Mais d'où te vient cette idée farfelue ? S'il te plaît, sois raisonnable... Parfois je me demande où tu as la tête, ma follette... »

« Tu me demandes de parler et quand je parle, tu ne me prends pas au sérieux. »

« C'est-à-dire... Je suis surpris, c'est tout, ça se comprend, non ?... Un enfant... Tu ne peux pas être sérieuse... C'est pas un peu tard pour se poser la question ? »

« Tard ? »

« Ben... On approche la cinquantaine, toi et moi... Ce n'est plus vraiment un âge. À moins de compter sur l'immaculée conception... »

« Arrête, ce n'est pas drôle. J'ai pas dit *faire*, j'ai dit *avoir*... On peut avoir un enfant sans le faire soi-même. »

« De quoi parles-tu ? Adopter un enfant ? C'est encore mieux ! À quoi ça rime, si on en avait voulu un, on l'aurait fait nous-mêmes ! Elle est bonne celle-là. C'est la meilleure. »

« ... »

« Anna... Tu n'as jamais voulu d'enfant, pas plus que moi, on a toujours été d'accord, non ? Alors c'est quoi cette histoire d'avoir un enfant sans le faire... Je n'y comprends rien. »

« ... »

« Qu'est-ce qui se passe, Anna ? Tu as réussi à m'inquiéter pour de bon. Ça fait treize ans qu'on est mariés et on n'a jamais parlé d'avoir un enfant. On était d'accord. Et toi, du jour au lendemain, tu balances ça, l'air de rien, on pourrait avoir un enfant ? »

« C'était juste une question, pas la peine de t'énerver... »

« Je ne m'énerve pas. Mais quand même. Je vais mettre ça sur le compte du contrecoup, mais Anna, il faut te reprendre en main. Ce n'est pas ton genre. Ni le mien. »

« Tu dis qu'on peut tout se dire, mais à voir ta réaction, je n'en suis pas certaine. Les gens changent, vois-tu, la vie se charge de faire changer les gens. J'ai sans doute changé. Tu étais très résolu quand tu disais ne pas vouloir d'enfant... Mais moi... C'était moins évident... Je n'ai fait que te suivre, finalement. »

« Me suivre ? Ça, c'est le pompon ! Qui est-ce qui répète à longueur de temps qu'un enfant, c'est sale, c'est capricieux, ça vous empêche de vivre, il faut s'en occuper et vous devenez son esclave... Anna, reprends-toi, je te prie ! »

« Je le pense toujours… Mais parfois la vie vous réserve des surprises, force vos convictions… »

« Tu parles chinois, Anna. Tu es vraiment bizarre en ce moment. Tu sous-estimes clairement le choc de la mort de ta mère, j'en étais sûr… On dirait que tu tombes de la lune à chaque seconde. »

« Tombé de la lune, c'est exactement ça. »

« Arrête ce ton. Je n'aime pas ça. Il faut vraiment penser à voir quelqu'un de compétent, un médecin. Non, ne dis plus rien, arrêtons pour ce soir, veux-tu, je suis fatigué, et stressé maintenant, on reprendra cette discussion un autre jour. Demain, j'ai une grosse journée, toi aussi sans doute, dormons. »

« Tu as raison, laisse tomber cette histoire, je ne sais pas ce qui m'est passé par la tête, c'était juste un truc en l'air, oublie, sois gentil… Moi aussi j'ai sommeil et je voudrais lire encore un peu avant de dormir… Bonne nuit, mon chéri. »

« Bonne nuit, Anna. Mais je n'oublie pas. On en reparlera. »

« Oui, Bertrand, on en reparlera. »

21

« Dites donc, il y a quand même un problème avec votre remise. On dirait qu'elle va s'écrouler. C'est dommage, vous devriez la rénover, en faire quelque chose… Tiens, Bertrand, toi qui rêves d'un home-cinéma, ce serait parfait ! Je connais un architecte extraordinaire, Anna, je vais te donner ses coordonnées, attends, je vais chercher mon sac, il s'appelle Pierre quelque chose… »

Valentine se lève de table et rentre dans le salon tout en continuant à parler, sa voix se perd à l'intérieur. Bertrand, Anna et Xavier restent sur la terrasse, autour de la table jonchée d'assiettes sales et de verres à moitié vides. Ils ont déjeuné dehors, un caprice de novembre, un dimanche ensoleillé et presque chaud. Ce matin, Bertrand a crié depuis la salle de bains, Anna, je vais appeler Valentine et Xavier pour les inviter à déjeuner, il fait beau, je ferai un barbecue, comme ça ce sera fait. Bertrand se débrouille toujours pour ne pas se trouver face à Anna quand il lui parle de sa sœur Valentine. Il n'a pas envie de voir le regard de sa femme se noircir encore davantage. Et en ce moment, encore moins que d'habitude.

La relation avec Valentine est gérée sur la base d'un compromis négocié depuis des années. Anna et Valentine ne s'apprécient pas, Bertrand et Valentine ne s'entendent guère mieux, mais Bertrand ne souhaite pas faire de vague (chez les Boismorel, ça ne se fait pas). Il reçoit donc sa sœur et son mari deux fois par an, à chaque semestre. Les invitations leur sont rendues au même rythme. Quelques heures un peu pénibles, quatre fois par an, mais comme dit Bertrand, ce n'est quand même pas la mer à boire. D'autant que maintenant leurs enfants sont grands, on n'a plus à les recevoir, c'est au moins ça.

Valentine revient, son sac à la main.

« Attends un peu, c'est dans mon calepin... Voilà, il s'appelle Jean-Pierre Dante, un homme de toute confiance et pas trop cher... Tu as de quoi noter, Anna ? »

À regret, Anna détache les yeux de son assiette dans laquelle traînent des os en pagaille, un charnier d'ossements mêlé au romarin calciné par le barbecue. Leurs regards se croisent. Celui de Valentine, avide, instigateur. Celui d'Anna, impuissant, atone.

« Bien sûr, tu n'as rien... Bon, je te le note... Tiens, appelle-le de ma part. Tu sais, Xavier, c'est celui qui a refait l'appartement des Boileau... »

Xavier marmonne quelques onomatopées haut perchées signifiant toute l'admiration qu'il porte au travail de l'architecte, bien qu'il n'ait pas le moindre souvenir de l'appartement ni même des Boileau. Il se tourne vers Bertrand.

« Je ne savais pas que tu voulais un home-cinéma. »

Il espère une discussion technique, virile. Il pourrait débattre des modèles qu'il est allé voir la semaine dernière, lui dire que lui aussi s'intéresse aux home-cinémas.

« À vrai dire, je n'en ai parlé qu'une fois ou deux, mais c'est une bonne idée, je veux dire, de refaire la remise, elle tombe en ruine, un jour ou l'autre, on aura des ennuis et ça donnera de la valeur à la maison, hein, Anna ? »

Anna tient dans sa main le papier que lui a donné Valentine. L'écriture est nerveuse, anguleuse. Valentine a souligné le numéro de téléphone et a presque troué la feuille. Bertrand n'attend pas de réponse de sa part, il se lève et attrape un plat vide sur la table.

« Allez, je vais faire les cafés ; quatre je suppose. »

« Je viens t'aider », dit Xavier lui emboîtant le pas.

Les deux femmes restent sur la terrasse. Un avion passe très haut et trace une mince effilochée dans le ciel. Le son des moteurs leur parvient en décalé. Puis c'est à nouveau le calme. Anna regarde la remise et ses volets démis. La façade pouilleuse.

Peut-être est-il là, tapi derrière le canapé, il tend l'oreille pour écouter ce qui se dit sur la terrasse. Il les a peut-être entendus parler de travaux, entendu le nom de l'architecte infanticide, il redoute de devoir aller vagabonder ailleurs, trouver un autre abri. N'aie crainte, mon bébé, personne ne te chassera, bientôt nous serons tous réunis. Je vais trouver le courage de parler.

« Anna, tu m'entends ? Tu es encore plus tête en l'air que d'habitude… Je te parlais des Boileau, tu te souviens, vous avez dîné avec eux l'hiver dernier, tu sais ce dîner chez les Roger-Macart ? Lui est banquier… »

Anna tripote son couteau. Un peu de viande s'est accrochée aux dents de la lame, elle voudrait lécher les débris mais la présence de Valentine l'en empêche. Ce sont de très bons couteaux. Bertrand a la passion de la coutellerie, il collectionne tout un tas de modèles qu'il bichonne et choisit toujours le service adapté. Ceux-là sont des couteaux à viande, très tranchants. Sur le métal brillant est gravé le nom du coutelier, Proudhon et fils, à Saint-Arnoult en Gironde. Anna pose son index sur la pointe. Elle sent l'extrémité métallique sur sa chair. Valentine parle sans discontinuer, les Roger ceci, les Roger cela, une spirale vertigineuse d'ennui. Anna appuie encore, renforce la pression contre le poinçon de fer. Refaire son salon, recevoir du monde. La peau est si fine qu'elle ne peut résister longtemps à l'extrémité acérée du couteau. Avoir du bon personnel, et honnête surtout, rien ne remplace la confiance. Quand elle sent l'épiderme céder, le regard d'Anna se durcit. Elle soutient sa prise. Du sang perle, une goutte rouge sombre qui enfle, coule le long de la lame. À mesure que la pointe s'enfonce, le débit verbal de Valentine se ralentit puis se tarit tout à fait. Ses yeux sont aimantés vers la main d'Anna, qui maintient son doigt agrafé au couteau et darde son regard sur Valentine. Si seulement le sang pouvait gicler sur ton visage, s'il pouvait engloutir la bêtise et la malveillance, éradiquer toutes les garces comme toi. Tu en veux encore ? Anna continue d'appuyer, de longues secondes où le couteau incise un peu plus la pulpe de son doigt et fait sourdre le sang. Tu l'aimes, mon petit jeu ? À moins que tu ne préfères qu'on parle de la remise ? On peut te faire confiance, tu vois tout, hein, toujours un œil qui traîne... Tu voudrais savoir, n'est-ce pas, tu voudrais que je m'oppose, que j'argumente, non, pas de travaux, non, pas ton architecte... Tu vas voir ce que je vais en faire, de ton architecte. Tu vas voir de quoi je suis capable. Pour commencer, vois mon sang frais, regarde comme le coton de la nappe boit mon sang avec avidité... Ça t'impressionne, on dirait. Petite chose ! Derrière ta mine satisfaite, en fait, tu es une petite chose sensible, trois gouttes de sang et il n'y a plus personne.

« Voilà les cafés... Eh bien Valentine, qu'est-ce qui t'arrive, tu es livide, ça ne va pas ? »

Xavier dépose le plateau sur la table et s'approche de sa femme qui se tient raide comme un arbre sec.

Anna entoure son doigt avec sa serviette et met ses mains sur ses genoux. Elle a poussé son assiette pour cacher les taches de sang. Elle dira que la viande a taché la nappe.

Bertrand apporte le sucre et du chocolat.

« Vous êtes bien silencieuses… Tiens, Anna, ma chérie, bois pendant qu'il est chaud. Ah, ce qu'on est bien, on a une chance folle de profiter du temps si tard dans l'année… Tu as raison, Valentine, cette remise dénote dans le jardin, on va la refaire. Anna, c'est un bon projet, ça te changera les idées… »

Il se tait. Inutile d'associer sa sœur et son beau-frère à leurs problèmes. Il se tourne vers Xavier et les voilà partis sur les home-cinémas. La dernière chose qu'il veut, c'est faire des histoires. Il appelle ça des embrouilles. Dieu qu'il déteste ça.

Valentine observe Anna qui a baissé les yeux. Elle cherche. Il doit y avoir quelque chose à dire. Quelque chose qui fait mal, elle aussi voudrait blesser, faire couler le sang. Anna boit son café de la main gauche. Bertrand a passé son bras autour du dossier de la chaise et caresse l'épaule de sa femme. Xavier énumère tous les avantages du home-cinéma. Valentine cherche. Un coup de vent soulève la nappe et fait s'envoler le papier avec le nom de l'architecte. Anna se penche pour le ramasser. Valentine scrute. Anna se redresse et pose ses mains sur son ventre. Valentine l'examine. Enfin, elle trouve. Elle profite d'un blanc dans la conversation des hommes.

« Dis-moi, Anna, tu n'aurais pas un peu grossi ? »

*

Le temps a viré brutalement. Une pluie soudaine. Il a fallu ça pour mettre Valentine et Xavier dehors. En partant, Valentine a multiplié ses recommandations, appelle l'architecte rapidement, il est surbooké, n'oublie pas de dire que tu appelles de ma part, etc. Dans sa voix mielleuse perçait la colère d'avoir été l'objet d'Anna, la peur aussi – malgré ses grands airs, elle n'avait osé réagir. En fermant les volets avant de se coucher, Bertrand s'est étonné, je me demande bien pourquoi on n'a jamais pensé à faire retaper cette remise, maintenant que Valentine en a parlé, je ne vois plus que ça, cette bicoque déglinguée au fond du jardin. C'est presque déprimant… Si tu n'as pas envie de faire les travaux, faisons-la raser, elle ne sert à rien, si ce n'est à gâcher la vue. Je m'en occupe, j'appelle lundi, a-t-elle répondu. Bertrand s'est approché et l'a enlacée.

« Ma chérie, je sais comme tu es fatiguée en ce moment… Si tu veux, partons à Noël, une semaine rien que nous deux, où tu veux… »

Elle n'a pas bronché et s'est laissé caresser le dos comme un vieux chat. Pourquoi est-ce si difficile de dire ce qu'on a à dire ?

La pluie tambourine contre les tuiles du toit. Bertrand dort comme un mort. Un élancement traverse son index et irradie dans le dos de sa main. Le sang tape. Elle passe sa main valide sous la chemise de nuit et tâte son ventre, ses hanches, attrape la chair au-dessus de ses fesses. *Dis-moi, Anna, tu n'aurais pas un peu grossi ?*

Salope de Valentine. Envoyée du diable. Venue de l'au-delà pour perpétuer le supplice. Ses paroles surgissent de l'enfer des souvenirs qu'il ne faut pas déterrer.

22

Quarante ans auparavant, bien avant le lever du jour, elle s'était réveillée. Elle avait ouvert les yeux dans l'obscurité, devinant les barreaux de son lit de fer, la chaise où pendait son uniforme, les contours de la table qui faisait office de bureau. Il faisait encore nuit, mais le cri grêle du coq l'avait rassurée. Enfin, on était vendredi. Plus qu'une journée à tenir. Ce soir, sa mère serait là, elle viendrait avec sa voiture la ramener à Paris pour sa première sortie depuis son arrivée à la pension. La petite chambre était glacée, pourtant elle s'était assise sur son lit, pâle silhouette en chemise de nuit bleue, elle avait posé ses pieds sur le carrelage et avait attendu que résonnât la sonnerie indiquant sept heures, l'heure du lever.

*

Le téléphone avait sonné longtemps dans l'appartement, arrachant Ava à un sommeil profond malgré l'heure tardive. Elle avait ouvert un œil, le soleil déjà haut derrière les rideaux, quelle heure pouvait-il bien être, la barbe, si c'est important, on rappellera, et elle s'était laissée glisser vers l'inconscience. Peu après, on avait rappelé. À la pendulette, dix heures trente, elle s'était péniblement levée, trébuchant sur les vêtements épars sur le sol. Allô, avait-elle gémi dans le combiné, une voix d'homme proposait un théâtre, ce soir la première d'une pièce *ultra-audacieuse* à ne manquer sous aucun prétexte. Dans un rire éraillé, Ava avait promis, la voix l'avait sortie de son brouillard, elle serait là. En raccrochant, elle s'était souvenue, zut, on était vendredi.

*

Le réfectoire avait résonné des voix sautillantes de la centaine de fillettes prenant leur petit déjeuner. Le vendredi était un jour particulier au pensionnat de la Providence, il y régnait l'excitation des grands départs, on se hâtait d'avaler le repas pour aller boucler son sac, on se racontait qui viendrait ce soir, ce qu'on ferait pendant ces quarante-huit heures de liberté, on s'interpellait d'une table à l'autre – le vendredi, le chahut était autorisé. Au fond du réfectoire, à une même table comme pour se réconforter, se serraient les quelques malheureuses qu'on ne viendrait pas chercher. Il y en avait toujours une poignée qui *restaient* comme on disait, des parents à l'étranger, trop occupés, ou bien morts. On les reconnaissait à leur mine sombre, la gaieté des autres accentuant encore leur mélancolie à *rester*. Anna les avait regardées de loin, cette semaine elle était de la fête, son petit sac l'attendait au pied de son lit – elle avait pris trois fois rien pour ne pas contrarier sa mère avec une valise trop lourde. Elle portait sa robe chasuble grise, celle qui pique au col, mais avait mis en dessous un sous-pull orange, elle se sentait jolie, sa mère serait contente.

*

En désespoir de cause Ava avait appelé Tina vers midi.

« … Besoin d'un coup de main pour ce soir… Un contretemps de dernière minute… Aller chercher Anna à la pension… Rendez-vous imprévu, très important… Je te prête la voiture, bien entendu… Je sais que c'est le premier week-end… Non, je t'en prie, ne change pas de sujet… Ça m'est déjà pénible de te demander alors n'en rajoute pas… Mais ce soir vraiment… Pas la morale, je t'en prie… J'aimerais t'y voir toi, à ma place… Oui je sais, toi aussi tu étais seule… Oui je sais, la pension, c'était mon choix… »

Quand Tina avait abordé le chapitre Max mort dans les camps, Ava avait cessé d'écouter sa mère. Ses doigts serraient le combiné à faire grincer le plastique, les jointures blanchies par la crispation.

*

« Deux droites parallèles dans l'espace euclidien sont toujours équidistantes et ne se rencontrent jamais… »

Même les maths sont tristes parfois, avait pensé Anna.

*

Je n'aime personne, personne ne m'aime, je mourrai seule dans un lit d'hôpital, malade comme une bête, étouffée dans mes propres glaires, avait pensé Ava en enfilant un jean attrapé sur le pouf de sa chambre.

*

Si Max avait vécu, tout aurait été différent, nous serions restés à Istanbul, nous aurions vécu heureux tous les trois, avait pensé Tina dans le fauteuil de la pédicure tandis que la jeune femme accroupie peinait sur son cor récalcitrant.

*

Anna avait frissonné dans le hall d'entrée. Il n'était pas dix-huit heures, mais le chauffage avait déjà été coupé pour le week-end et la vaste galerie d'entrée était glaciale. Sur les bancs en bois s'étaient entassées les fillettes emmitouflées, jacassant et gesticulant, tordant le cou dès qu'une voiture s'engageait dans l'allée. C'est pour toi, c'est ton père ! hurlaient-elles, et la fillette s'envolait vers le paradis. Les unes après les autres, les fillettes disparaissaient et le hall se vidait. Puis Anna s'était retrouvée seule à attendre, droite comme un i dans le hall silencieux. Il en faut bien une dernière, s'était-elle consolée, pourquoi pas toi, courage, cœur vaillant, patience, elle viendra bien ton heure… Vers dix-neuf heures, le gardien faisant un dernier tour avait avisé Anna dans la pénombre, tiens, t'es encore là, toi ! Était-elle certaine qu'elle ne *restait* pas ce week-end, qui devait venir la chercher, voulait-elle qu'on appelle ? Anna avait secoué la tête, le caillou s'était coincé dans sa gorge et l'empêchait de parler.

Puis on avait entendu le moteur rageur d'une voiture en surrégime. Le freinage brutal avait soulevé un nuage de poussière dans la cour.

« C'est elle, c'est ma mère, au revoir monsieur ! »

Anna avait couru sur le perron, débraillée dans sa hâte, folle de joie. Sa mère ne l'avait pas oubliée. Dans la voiture garée le long des marches, le profil fixait droit devant, lèvres pincées, une statue de sel dans un désert de calcaire. Puis Ava avait tourné la tête vers l'enfant qui, sourire aux lèvres, se tenait toute fière en haut des marches, sa petite valise serrée contre elle. Le sourire s'était figé sous le regard de pierre quand Anna y avait lu ce qu'Ava taisait depuis toujours. Les mots avaient beau être tus, ils étaient soudain intelligibles, le regard disait la colère, la hargne, il reprochait, pourquoi es-tu née, enfant non désirée, enfant du non-amour, pourquoi pèses-tu si lourd, une si lourde charge, pourquoi m'enfermes-tu dans un rôle que je ne veux pas jouer, pourquoi aliènes-tu la liberté dont j'ai été trop privée, pourquoi es-tu brune quand j'aurais peut-être réussi à aimer une fillette blonde, pourquoi ton visage me rappelle-t-il le sien que j'essaie d'oublier, pourquoi ne puis-je dire à personne que je n'ai pas envie de toi ?

Anna avait pris place à l'arrière et posé la valise sur la banquette, il y avait bien assez de place pour elles deux. Elle avait pris garde à ne pas claquer trop fort la portière. Ava ne s'était pas retournée pour l'accueillir et avait jeté son œil mauvais dans le rétroviseur :

« Dis-moi, Anna, tu n'aurais pas un peu grossi ? »

*

Anna soupèse ses seins. Ils sont chauds, denses, on dirait qu'ils sont vivants. Les cuisses, ça va, elle les sent comme d'habitude. Mais son ventre, son torse, son sexe, même le dessous des bras, tout est gonflé.

C'est certain. Elle a *un peu* grossi. Son cœur s'envole. Elle sait bien pourquoi. Ni sa mère pourrissant dans son cercueil, ni la salope de Valentine n'y peuvent plus rien. Son heure est venue.

23

Anna feuillette une revue cornée et datée de plus de six mois. Elle s'est installée dans le canapé de cuir rouge, son manteau plié sur l'accoudoir. Deux femmes attendent aussi, une très jeune courbée sur son téléphone portable – va-t-on à cet âge chez le gynécologue ? Une autre entre deux eaux regarde dans le vide. Anna ne parvient pas à se concentrer. Malgré son apparence impassible, tout bouillonne à l'intérieur. Cette nuit, elle a mal dormi, Jean a fait un tel raffut. Elle a pensé, cette fois-ci, il va réussir à réveiller Bertrand. Et ce froid qui ne mollit pas. Elle se tortille sur le cuir. Pourquoi ce médecin n'est-il jamais à l'heure ? Elle aurait préféré ne pas venir, mais elle doit se montrer raisonnable. À son âge, ce n'est pas simple, elle le sait. Elle passe sa main sur son ventre. C'est chaud et douillet. Une vague la submerge, une joie tellement aiguë que c'en est presque douloureux.

La porte capitonnée s'ouvre et on l'invite à entrer. Elle s'installe devant le bureau de maroquin vert. Le médecin parcourt son dossier et la salue sans relever la tête, depuis combien de temps ne s'est-on pas vus, deux ans déjà, que le temps passe vite, ce n'est pas bien de me délaisser comme ça ! Il parle en chantonnant, exagère sa réprobation maniérée et factice. Le cabinet est plongé dans une obscurité volontaire, rideaux tirés, halogène réglé au minimum, une ambiance favorable aux confidences et à l'intimité des chairs dénudées. Sur le mur derrière lui, plusieurs diplômes et récompenses attestent de l'excellence du praticien. Quel jour sommes-nous, ah oui, le 21 novembre, je n'ai plus de tête, mieux vaudrait que je la retrouve rapidement, encore un gloussement, puis il s'adosse, repousse ses lunettes sur son front chauve et prend une inspiration :

« Alors, madame Boismorel, racontez-moi tout ! »

Les carreaux de ses lunettes sont maculés de traces de doigt. Un cheveu est pris au piège dans la monture. Un bouton manque à la blouse, il devrait y en avoir trois, alignés sur l'épaule mais le premier a sauté et l'encolure bâille, quelques longs poils blancs apparaissent à la base du cou – il ne porte rien sous sa blouse ?

« Alors ? Rien à me dire ? Pas le moindre bobo ? Mais c'est formidable ! Une santé de fer, jamais un problème ! Heureusement que toutes mes patientes ne sont pas comme vous, je n'aurais plus qu'à pointer au chômage ! Allez, on va voir tout ça, on passe à côté ? »

Dans la petite pièce contiguë, elle se déshabille et s'allonge sur la table d'examen. Le métal des étriers la fait frissonner, puis les mains du médecin. Quand c'est terminé, elle renfile ses vêtements et va se réinstaller au bureau où le médecin a repris place et met à jour son dossier.

« Bien… Je vous prescris une mammographie à faire avant… »

Elle le coupe.

« Pas de radio. Je suis enceinte. »

Le médecin relève la tête. Elle soutient le regard et évite de dévier vers les narines touffues. Il considère de nouveau sa fiche saumonée.

« Enceinte… Voyez-vous ça… Et on ne me dit rien… »

Un coup d'œil furtif, un gloussement puis il se replonge dans le dossier.

« Enceinte… Voyons, vous avez… quarante-huit ans… Pas de contraception, pas d'enfant… oui, je vois… Enceinte, dites-vous ? »

C'est ton tour. C'est ton heure. Parle.

« Plus de règles… Prise de poids… Mal au ventre… Aux seins… Sensation de chaud au-dedans… »

« On parle de combien de semaines d'aménorrhée ? »

C'est quoi ça ?

« À quand remontent vos dernières règles ? »

Le ton est plus sec.

« Je ne sais pas, plusieurs mois, deux, peut-être trois... »

« Excusez-moi madame Boismorel, mais je vais avoir besoin de plus de précision, vous comprenez bien que c'est important... Essayez de vous souvenir, entre deux et trois mois, la différence est de taille. »

Pourquoi toutes ces questions ?

« Une aménorrhée n'est étudiée médicalement que pour une absence de règles d'au moins trois mois. »

Anna réfléchit. Rien en novembre, c'est certain, ni en octobre. Septembre ? Pas sûr. Puis c'est la lumière.

« Août. Je n'ai pas eu mes règles depuis cet été, je me souviens maintenant. J'ai un bon point de repère, ma mère est morte fin août, et depuis, rien ! »

Elle crâne, fière de sa réponse. Mais le médecin ne semble pas partager son allégresse. Il la regarde puis frotte ses yeux derrière ses lunettes grasses.

« Je suis désolé pour votre maman. Dites-moi… Avez-vous fait un test de grossesse ? Une prise de sang ? Non plus… Que je sache, vous ne suivez pas de traitement de stimulation hormonale ? Bien… Avez-vous d'autres symptômes, je veux dire à part l'absence de règles ? Des bouffées de chaleur ? Avez-vous remarqué une irritabilité inhabituelle ? Vos derniers cycles étaient-ils irréguliers, vos règles anormalement abondantes ? »

Anna n'y comprend rien. Elle est enceinte, voilà tout. Il prend une voix lente et articule comme s'il s'adressait à une enfant. C'est agaçant, à la longue.

« Madame, une aménorrhée peut avoir des causes multiples : certes une grossesse, mais elle peut aussi être provoquée par un choc psychologique (comme le décès que vous évoquez), ou un mauvais comportement alimentaire, voire même par un dérèglement de l'hypophyse causé par une petite tumeur (qui est toujours bénigne, je vous rassure). À votre âge, la cause la plus probable est la ménopause, sachant qu'elle n'est définitive qu'après douze mois d'absence de règles. C'est très héréditaire. À quel âge votre mère a-t-elle été ménopausée ? »

C'est la meilleure. La ménopause d'Ava. Ben quoi encore.

« Je n'en sais rien. » Je lui passe un coup de fil ?

Le médecin jette un œil à sa pendulette.

« Bon, restons prudents, voulez-vous ? Être enceinte à quarante-huit ans, et pour une première fois… Ce n'est pas la piste que je privilégie pour l'instant. Je vous prescris les examens suivants, prise de sang, échographie… Voilà les ordonnances. Appelez mon assistante dès que vous avez les résultats, je vous glisserai entre deux rendez-vous. »

« Je ne comprends pas… Une grossesse, c'est le genre de chose facile à diagnostiquer, non ? Pourquoi toutes ces précautions pour me dire que je suis enceinte ? »

Le médecin tend les feuillets à Anna et se lève. Il l'accompagne vers la porte en saisissant son avant-bras comme si elle pouvait trébucher.

« Allons, soyons raisonnable, faisons ces examens rapidement et on en reparle. Ne nous inquiétons pas plus que ça, voulez-vous ? »

*

Anna descend les trois étages à pied et débouche dans la rue paisible. Elle marche quelque temps les yeux au sol et ses pas la mènent dans les allées sablonneuses du Champ-de-Mars. Peu de passants en cette fin d'après-midi frileuse, une vieille femme promenant son chien, deux adolescentes qui fument dans le froid, une poussette près d'un banc. Anna s'assied à côté de celle qui doit être la nourrice, écouteurs sur les oreilles. Le bébé semble dormir, le haut de son crâne duveteux émerge des couvertures roses. Quelques minutes s'envolent, d'une vacuité parfaite. Puis sous ses yeux, à une vingtaine de mètres en bordure de plate-bande et bien calée sur ses pieds de fer ouvragé, elle voit la réponse à ses problèmes. Elle se lève et d'une main légère, parmi les peaux de banane et les canettes de soda, laisse tomber les prescriptions au fond de la poubelle oblongue. Elle se dirige vers l'arrêt de bus. Elle rentre. Dans son état, elle a besoin de se reposer.

*

Dans le bus, elle se dirige vers sa place préférée. À gauche dans la rangée derrière le chauffeur, le premier carré à quatre places, dans le sens de la marche. Près de la fenêtre.

Une femme occupe sa place. Anna s'installe en face espérant que l'intruse se lèvera bientôt. Elle se faufile à touche-touche entre les passagers avec un murmure d'excuse. En repliant ses jambes pour lui faciliter le passage, la femme esquisse un sourire, leurs regards se croisent, un échange poli, de circonstance. Le sourire de la femme s'étend une ou deux secondes puis s'évanouit comme une bulle de savon.

Anna s'adosse contre le siège et ferme les yeux. Le sourire. Une fulgurance. Les deux fossettes cousues sur la joue comme un bouton. Les coins de la bouche qui remontent en virgule, plissant la lèvre supérieure sur les dents. Une image nette, parfaitement attribuée, dont elle ignorait qu'elle sommeillait en elle et qui, par le miracle de la mémoire, rejaillit intacte, dans le bus. Le sourire d'Aurore. Comment le souvenir peut-il avoir dormi pendant près de quarante ans, enseveli sous les sédiments d'images et d'instants stockés pêle-mêle ? Est-ce possible de se souvenir *à ce point* ? Elle rouvre les yeux. La femme regarde par la fenêtre. Le sourire a disparu. C'est une femme anonyme, ni jeune ni vieille, à l'évidence bourgeoise, des cheveux blonds et bien coupés, une femme indifférente à ce qui l'entoure et qui laisse traîner son regard sur la rue. A-t-elle rêvé ? Mettre à l'épreuve le souvenir. La faire sourire, encore. Anna laisse tomber son écharpe sur le sol. Oh, pardon ! Elles se penchent dans un même mouvement, elle sourit à la femme qui lui rend la pareille. Les deux fossettes réapparaissent. La lèvre froncée. Pas de doute. Aurore Denamur. La princesse de la Providence. La plus jolie petite fille de la pension. Les rubans noués dans la tresse comme s'ils faisaient partie de la chevelure. La tresse qui balaye le dos tel un métronome. Les cheveux tellement blonds qu'il était difficile de se retenir de les toucher, la palette nacrée des couleurs, le rose du teint, le bleu de l'iris…

« Excusez-moi, je crois qu'on se connaît… Êtes-vous Aurore Denamur ? »

Anna s'est penchée vers la femme et a effleuré son genou.

Hésitation dans le regard bleu. Sourire et fossettes. Mouvement de tête des autres passagers. Va-t-il se passer quelque chose ?

« Oui, c'est moi… Mais pardonnez-moi, je ne vois pas… »

« On était ensemble à la Providence, il y a très longtemps. Je m'appelle Anna, Anna Ottman à l'époque. »

« Ah oui, la Providence… Anna Ottman, vous dites ?… Ça me dit quelque chose, attendez, ça va me revenir… »

Elle regarde Anna avec attention, cherchant un indice, mais rien ne lui revient, c'est évident.

« On était dans le même couloir, mais on n'a jamais été dans la même classe ; en fait, on n'était pas vraiment amies, mais je me souviens très bien de vous, quand je vous ai vue assise dans le bus, et surtout votre sourire… Je vous ai reconnue tout de suite ! »

Anna rayonne. Quelle expérience incroyable que ce sourire ressuscité ! La femme un peu gênée reprend :

« Oui, Anna Ottman, je crois que je me souviens maintenant… Ah, c'est drôle, et quelle physionomiste êtes-vous, je ne vous aurais jamais reconnue… Et alors, qu'êtes-vous devenue ? »

« Eh bien je suis restée à la Providence jusqu'au bac... Puis j'ai fait des études de droit, je suis avocate ; je me suis mariée, je m'appelle Anna Boismorel. »

« Avocate, quelle chance ! Moi, je n'ai jamais travaillé ; je me suis mariée très jeune et mon premier enfant est arrivé tout de suite... J'en ai eu quatre ; vous avez des enfants ? »

Question banale. Qui ne mange pas de pain. Vous faites quoi dans la vie ? Vous habitez dans quel quartier ? Quel âge ont vos enfants ? Anna peut répondre à tout. Elle est entraînée, c'est une question de pratique. Le regard furtif de commisération vite camouflée ne l'effraie pas. Il y a toujours ce même regard teinté de peine quand elle dit qu'elle n'a pas d'enfant, de la pitié mêlée au respect et à une pointe d'incompréhension, je ne vous demande pas ce qui s'est passé, je sais être discret, mais je peux imaginer, je compatis et je vous le fais savoir avec mon regard entendu, vous avez dû essayer et réessayer, vous acharner, de nos jours avec toutes ces techniques, mais ça n'a jamais marché, tous ces efforts en vain, il y a des gens qui n'ont pas de chance... Anna va répondre à son habitude, mais d'un coup lui revient un autre souvenir, avec la même force que celui des fossettes. La chorale de fin d'année. La représentation devant les parents – la fois où Ava était arrivée tellement en retard qu'on rempilait les bancs au fond du préau, la fête était finie. Avant la représentation, les sœurs avaient disposé les fillettes avec soin pour façonner une assemblée harmonieuse, les petites assises devant, les grandes debout à l'arrière. Anna s'était retrouvée aux côtés d'Aurore, tellement fière de côtoyer la princesse de la chorale. Mais quand elle avait pris du recul pour juger de l'effet, la mère Josèphe avait fait redescendre Aurore au premier rang malgré sa taille, au prétexte que « la plus blonde ne pouvait pas rester à côté de la plus brune, ça ne rendait pas ». Anna avait surpris une lueur dans le regard de la princesse à laquelle elle n'avait jamais repensé et dont elle pourrait jurer aujourd'hui qu'il s'était agi d'une forme de soulagement.

« J'ai un fils de dix ans, qui s'appelle Jean, et je suis enceinte du second. »

« Enceinte ? »

Un voile imperceptible dans la voix, un tout petit mouvement de recul. Une confusion passagère. La princesse se reprend vite.

« Félicitations ! C'est magnifique d'avoir le courage de s'y remettre… »

Silence. Les voyageurs retournent à leur morosité. Le bus cahote sur la chaussée déformée. La nuit est tombée. Il commence à pleuvoir, un petit crachin sournois. Le sourire stagne dans les fossettes.

Puis la femme se lève.

« C'est ma station, je dois descendre… Eh bien, c'était très agréable de vous revoir, ça ne nous rajeunit pas, mais bon, on se maintient, non ? »

La femme a un petit rire.

« À bientôt peut-être, qui sait, dans un autre bus ! Et bonne chance pour le bébé ! »

Anna se lève pour prendre la place libre. Le plastique chaud lui procure une légère nausée. Elle regarde par la fenêtre perlée d'eau. Aurore Denamur se tient sur le trottoir. La pluie dépose de petites taches sombres sur la toile beige de son imperméable. Elle a oublié son parapluie. Anna tambourine sur le carreau, mais déjà le bus s'éloigne. Elle suit la silhouette tant qu'elle peut, le contour se déforme dans les éclats de lumière réfractée par la pluie puis disparaît, avalé par la nuit.

Elle ferme les yeux. Je suis enceinte. J'ai un enfant de dix ans. Je ne veux pas d'enfant. Je veux un enfant. J'ai deux enfants. J'ai été enfant à la Providence avec une princesse. Aurore a quatre enfants. Je suis mariée à Bertrand Boismorel. Il ne veut pas d'enfant. Je lui mens depuis des semaines. Elle se laisse bercer par les secousses du bus. Que se passe-t-il sur cette route ? Le bus ballotte de plus en plus, la chaussée doit être défoncée, ou bien sont-ce les roues qui sont crevées ? Plus rien ne semble amortir les soubresauts de la voiture qui s'envole à chaque ornière. La tête d'Anna heurte la vitre, elle est projetée en avant, puis en arrière, elle décolle du siège et ne trouve pas d'appui pour se maintenir dans l'habitacle, le bus est étêté, le toit a été arraché. Elle est éjectée. Mon bébé. Sur la route mouillée, le bitume a un goût amer.

Quand elle rouvre les yeux, le bus est à son terminus. Elle a manqué sa station.

24

Anna attend Monique à la terrasse couverte du Café de Flore. Elle est arrivée bien avant l'heure pour conserver ce coup d'avance obtenu en surprenant Monique par son invitation. Allons boire un café, lui a-t-elle dit au téléphone, je voudrais te parler de quelque chose. De quoi, a essayé de savoir Monique, mais bien entendu, elle n'a rien dit. Elle a commandé un café et arrange autour de la tasse comme une nature morte : son portable, un stylo, une paire de lunettes. Une main derrière l'oreille pour y caler ses cheveux. Elle réajuste son chemisier, pas trop ouvert, vérifie que le pendentif est à l'endroit, bien centré puis s'immobilise. Elle voudrait attendre ainsi jusqu'à l'arrivée de Monique. Depuis l'enfance elle sait faire la statue, c'était un jeu autrefois. C'est bien commode parce que sans bouger la tête, Anna a vue sur toutes les arrivées. Mais Monique est en retard, comme toujours et les yeux d'Anna commencent à brûler. Elle commande un autre café. En portant la tasse à ses lèvres, une goutte qui stagnait au fond de la soucoupe tombe sur sa jupe beige. La tache brune diffuse dans l'écheveau des fils tissés, le liquide capillarise et noircit les minuscules canaux de l'étoffe.

« Anna ! J'arrive, je suis là, je suis en retard ? Tu as déjà commandé, tu as bien fait, un café s'il vous plaît, allongé. Ah, quel froid ! Je pousse ton manteau pour m'asseoir, pardon madame, je voudrais passer, merci, non, c'est bon, ne bougez pas plus, voilà, ouf, j'y suis ! »

Tant de dérangement. Tant de paroles inutiles. Mais aujourd'hui, Anna la laisse jacasser. Qu'elle se sente à l'aise, qu'elle vide son sac à blablas, quand elle aura fini et que je pourrais enfin en placer une, alors ce sera ma fête, mais je ne suis pas pressée, oh non, pas pressée du tout, cela fait vingt ans, que dis-je, trente ans que j'attends, vas-y, Monique, fais ta fofolle, profite de ton insouciance tant qu'il est encore temps.

« Tu veux un autre café, Anna ? »

« Oui, merci. »

« Parfait. Deux cafés, dont un allongé… Je suis venue en bus, le métro ça me déprime, ce n'est pourtant pas la bonne idée si on veut être à l'heure, toi, tu es en voiture, j'imagine… Mais je parle, je parle et toi, Anna, comment vas-tu ? Tu as l'air bien, un peu fatiguée peut-être, tu travailles toujours autant ? Tu as un peu grossi, non ? Ça te va bien, c'est pas joli d'être trop maigre, là tu es parfaite, ce n'est pas comme moi, j'ai au moins cinq kilos à perdre. »

Pour preuve, Monique empoigne à pleine main le bourrelet sur son ventre. Elle porte un gros pull orange qui bouloche, assorti à ses cheveux. Son maquillage est trop voyant. C'est une épreuve tout de même, ce café.

« Il n'y a pas grand-monde, dis donc. Dans le temps, le Flore était toujours bondé. On venait parfois avec ta mère. Je me souviens d'une fois, on avait bu une coupe avec un écrivain célèbre qui nous avait abordées, ta mère était si jolie, comment s'appelait-il déjà ?... »

Il est temps de passer à l'offensive, ça va déraper.

« Monique, tu es toujours intéressée par la rue de Maubeuge ? Parce que je suis prête à te vendre l'appartement si tu veux. »

Monique se penche vers Anna.

« Tu ferais ça ? Anna, c'est merveilleux ! Mais tu étais si décidée à le garder la dernière fois qu'on en a parlé... Bien sûr que je suis intéressée ! Qu'est-ce qui t'a fait changer d'avis ? C'est merveilleux... »

Elle se rapproche encore. Anna peut voir l'épaisse couche de fond de teint, mal réparti, le contour des oreilles est plus pâle, la bordure de ses cheveux aussi. Elle attrape son sac et évite l'accolade.

« Écoute, Monique, il y a autre chose. »

« Bien sûr. Le prix. Il faut parler du prix, se mettre d'accord, mais je ne négocierai pas, je te l'ai dit, dis-moi combien tu en veux. »

Anna pose les lettres sur la table. C'est comme du papier bible, c'est doux.

« On parlera de ça plus tard. Je sais qu'on se mettra d'accord. Je voudrais d'abord te parler de ces lettres. »

Monique veut les attraper, mais Anna met la main dessus pour l'en empêcher.

« Attends, je préfère te les lire moi-même. »

« Qu'est-ce que c'est ? »

« Des lettres que j'ai trouvées chez Ava. »

« Tu es allée à l'appartement ? C'est quoi, ces lettres ? »

« Des lettres adressées à Ava. Écrites par mon père. »

Le visage de Monique se referme.

« Ah. Tu les as lues ? »

« Qu'est-ce que tu crois ? »

« Ah. Et tu veux me les lire ? Tu es certaine ? C'est personnel, tout de même... »

Anna a un sourire sans joie.

« Oui, c'est bien pour ça. C'est personnel, on pourrait même dire familial. Mais tu es un peu de la famille, non ? Tu pourras sans doute me les commenter. En parler avec moi, me faire quelques confidences... Je m'apprête à te vendre l'appartement de famille, alors... On peut bien partager ça ! »

Monique tire sur son pull, embarrassée.

« Il fait une chaleur dans ce troquet, ils sont fous, de pousser le chauffage comme ça, et la planète alors ? »

Anna ouvre la première lettre. Elle racle sa gorge et se met à lire, lentement. Elle connaît presque le texte par cœur. Elle prend tout son temps.

« C'est posté de Boston, le 28 décembre 1964. Il y a une adresse en haut, 86 Charles Street, Boston, MA, USA. Je te lis :

Ava,

Je t'écris pour te donner mon adresse. J'ai emménagé dans un petit appartement en ville, Charles Street (comme la rue Saint-Charles !). Je suis bien installé. Les parents m'ont aidé. J'avais oublié la rigueur des hivers bostoniens, il fait très froid, mais je suis bien chauffé. J'ai commencé mon boulot.

J'espère que la petite va bien. Elle me manque. Je vais sans doute m'habituer. Pour l'instant, c'est difficile.

Si tu as besoin de quoi que ce soit, n'hésite pas à contacter ma tante ou mes cousins (tu as leur adresse). Toute la famille de maman est en France, ça me rassure de savoir qu'ils sont là, pas loin de vous deux.

Je t'écrirai de temps en temps. Envoie-moi des photos d'Anna, s'il te plaît.

Tu vois, je fais comme tu as demandé. Je respecte ta demande, même s'il m'en coûte. Juste écrire. Pas plus. J'aurais aimé que ça marche entre nous, mais… Trop jeunes, trop cons, trop mal préparés. On n'a pas su y faire. Je le regrette mais c'est ainsi.

Je viendrai sans doute en France au printemps. Je te ferai signe, pour voir la petite.

Embrasse ma petite Anna sur ses joues rebondies.

J'espère que tu t'en sortiras dans cette nouvelle vie que tu as choisie.

Simon. »

Anna replie la feuille et reste un instant tête baissée. Elle ne ressent aucune émotion. Elle n'est pas là pour se faire consoler. Elle relève les yeux vers Monique. Dans son regard, elle peut lire l'affolement.

« Eh là, calme-toi, je ne vais pas te torturer. »

Maintenant qu'elle a lu la première lettre, Anna se sent pousser des ailes. À chacun son tour de se trouver au bord de la falaise, vent dans le dos.

« Attends, j'ai mieux encore. »

« Non, arrête, ça suffit. Je ne sais pas ce que tu cherches, mais ce ne sont pas mes affaires, ça m'embarrasse, c'est une lettre adressée à ta mère, pas à moi, ni à toi. J'ai l'impression de voler ses secrets à une morte. »

« Tu ne bouges pas. Je t'en lis une autre, juste une. Tu vas voir, elle est encore plus marrante. C'est toujours de Simon et c'est toujours posté de Boston, sauf qu'on fait un saut dans le temps, on est à présent le 22 juillet 1973, presque dix ans plus tard :

Ava,

Tu dois être bien étonnée de recevoir une lettre de moi. Comme tu peux t'en douter, je ne t'écris pas par plaisir.

On m'a diagnostiqué un cancer. Le mal progresse très vite. Je ne suis pas certain que l'issue soit favorable.

Si cette lettre t'est adressée, elle n'est en fait pas pour toi mais pour notre fille. Malgré tous mes efforts de conciliation, tu ne m'as jamais laissé l'approcher durant toutes ces années. À présent que mes jours sont comptés, je regrette de ne pas avoir plus insisté. J'ai été faible, négligent. J'aurais dû m'opposer à ta détermination, me battre pour mes droits, tout mettre en œuvre pour revoir Anna.

Aujourd'hui, j'en paie le prix fort.

Tu diras à Anna ce que tu veux – tu as toujours fait comme tu veux. Mais mon souhait de père est que tu lui fasses savoir que je pense à elle, qu'elle m'a manqué toutes ces années durant, et que je n'ai jamais cessé de l'aimer. J'espère qu'elle va bien, qu'elle est heureuse dans son école et qu'elle aura une belle vie. Dis-lui que son père absent ne l'a jamais été par la pensée.

Tu dois savoir que je me suis remarié. J'ai deux garçons magnifiques, Élie et Joseph. Ils pourront être des frères pour Anna. Ça aussi, dis-le-lui, je t'en prie.
Simon »

Anna range les lettres dans son sac et boit la dernière goutte de café froid. Elle repousse ses cheveux derrière l'oreille.

« Alors, Monique, dis-moi. Tu savais ? »

Monique ne répond pas. Ses épaules se sont affaissées.

« Réponds-moi. Tu savais ? Mon père, mes frères, tout ça. »

« Oui. Elle m'avait montré ces lettres. »

« D'accord. »

Anna accuse le coup.

« Donc il n'y a que moi qui ne savais pas. Tout Paris était au courant que mon père voulait me voir, que mon père mourant m'a réclamée... Que mon père est mort depuis longtemps... Que j'ai deux frères... »

« Ne dis pas ça, Ava ne se confiait pas facilement. On en avait parlé, elle hésitait, elle ne savait pas quoi faire. Tu sais, ces courriers ne te donnent pas une vision complète de la situation, je comprends ce que tu ressens, on pourrait croire qu'Ava t'a menti, que les torts étaient de son côté, mais les choses n'étaient pas si simples, ton père n'était pas un type parfait, loin de là, c'était même un beau salaud... »

« Arrête. Ton avis sur mon père ne m'intéresse pas. C'est Ava dont on parle. Je veux juste savoir pourquoi elle ne m'a rien dit. Il a été malade, il est mort, je n'ai pas été mise au courant. La seule chose qu'elle a su faire, c'est m'oublier à la Providence, allez hop, on n'en parle plus, ni vue ni connue, la petite Anna... »

« Elle a été mortifiée de t'envoyer là-bas. »

« Tu plaisantes, j'espère ? »

« Pas du tout. C'est la stricte vérité. Elle était effondrée de devoir faire ça. »

« Mais alors pourquoi l'a-t-elle fait ? Il y avait d'autres solutions, Tina, ou même mon père visiblement, sa famille. Mes frères... Alors pourquoi ? »

« Elle pensait te protéger en t'envoyant là-bas. »

« Me protéger ? Mais de quoi ? »

« De tout. D'elle. De Tina. Ta grand-mère n'avait pas été une mère tendre, quelque chose en elle était fêlé, trop de souffrance, elle ne pouvait plus aimer. Ce mariage, entre ta mère et ton père... C'était l'idée de Tina, elle voulait absolument trouver quelqu'un pour Ava, un Juif comme il faut, comme elle avait eu avec son propre mari Max, qu'elle idolâtrait... Tina s'est littéralement débarrassée de ta mère en la donnant à Simon, sans se préoccuper du reste... Ava pensait que tu aurais une bonne éducation si tu grandissais à la Providence, qu'on saurait te donner de bonnes manières, de l'aisance pour affronter le monde, que tu serais armée pour te défendre, bien mieux qu'elle ne l'avait jamais été. Elle avait peur de ne pas pouvoir t'aimer comme il se doit... Les enfants que leur mère n'aime pas sont mieux en pension. Elle pensait que tu serais protégée là-bas. »

Me protéger. La belle affaire. C'est réussi.

« Et tu l'as crue, ma pauvre Monique ? Tu as cru Ava quand elle t'a baratiné ces excuses minables ? Mais tu es vraiment trop naïve. Ou alors aveugle. Elle n'a pas fait mieux que Tina, elle s'est débarrassée de moi, pour avoir le champ libre, oublier les contraintes... Ce n'est pas plus compliqué que ça. Elle voulait sa liberté, faire comme si je n'existais pas, pouvoir s'envoyer en l'air avec le premier venu sans avoir à s'inquiéter d'une petite fille dans la chambre voisine... Ou avec toi, tiens, oui, s'envoyer en l'air avec toi, allez, tu peux bien me l'avouer maintenant qu'on se dit tout, vous couchiez ensemble, non ? »

Monique se lève.

« Ne me parle pas comme ça, Anna. Ne salis pas la mémoire de ta mère. Je n'ai de compte à rendre à personne. Je m'en vais. »

« Assieds-toi, on n'a pas fini de parler de la rue de Maubeuge. »

« Je ne reste que si tu arrêtes avec les lettres et toutes ces questions. »

Anna radoucit le ton. Elle se sent invincible, sans pitié.

« C'est d'accord, Monique. Tu peux te rasseoir, j'en ai fini avec toi de toute façon. Je ne t'en veux plus. Ni à toi, ni à Ava. Je te lis ces lettres comme on passe un relais. Après, c'est fini. Tiens, d'ailleurs je te les donne, ces lettres, prends-les, allez, tu en meures d'envie, elles sont à toi. Je tourne la page. Tu comprends ? Je digère, je pardonne. Je te pardonne. Parce qu'enfin arrive mon tour et que je ne veux plus vivre dans la rancœur. C'est fini. Tu m'entends ? C'est fini. »

Elle a haussé le ton, quelques personnes se sont retournées vers leur table. Monique se rassoit, paralysée par la voix d'Anna. Elle saisit un sucre dans la soucoupe et le suçote. Elle ne sait plus quoi dire.

C'est Anna qui se lève à présent. Elle accroche un à un les boutons de son manteau, entoure son écharpe à son cou et enfile ses gants.

« Monique, écoute. Voilà comment ça va se passer. Fais-moi parvenir les coordonnées de ton notaire. Nous traiterons de notaire à notaire pour la rue de Maubeuge. Tu l'auras, cet appartement. Mais en retour, tu dois me faire une promesse. Écoute bien. Je ne veux plus jamais avoir affaire à toi. Tu m'entends ? Jamais. Je te vends la rue de Maubeuge, et *that's it. Finito. Basta*. On ne se connaît pas. On ne se parle pas. On ne s'est jamais vues. »

Sans attendre de réponse, Anna se dégage du labyrinthe des petites tables et sort sur le boulevard Saint-Germain. Un vent presque printanier fait claquer le store du café comme les drisses d'un bateau. Elle remonte le trottoir vers la rue des Saints-Pères et s'abandonne au souffle qui la décoiffe. On dirait un bord de mer. Le trottoir est devenu une plage, elle enfonce ses orteils dans le sable chaud. Elle ne prête pas attention aux passants encapuchonnés qui s'écartent pour lui laisser le passage. Elle est une reine.

25

Le matin, quand elle ouvre les yeux avant que le réveil ne sonne, Anna attend. La chambre est encore ensommeillée. Quelle heure est-il ? Cinq heures ? Six heures ? Il fait nuit, mais quelques heures de sommeil suffisent pour tout restaurer. C'est assez dormi. Le chantier va redémarrer. Elle sourit quand elle sent que c'est reparti.

Sous la douche. L'eau glisse sur sa peau, elle se savonne, la buée sur le miroir, sur la fenêtre, la vapeur condensée coule le long du carrelage. Rester encore sous l'eau chaude, prendre son temps.

Anna, tu as bientôt fini ? C'est quoi, ce nouveau genre de passer des heures dans la salle de bains ? Tu désorganises tout !

Le temps vous rattrape.

Dans le métro. Les gens luttent pour leur espace. Un combat dérisoire dans les vies fatiguées. Si tôt le matin. Anna se laisse ballotter. À droite, à gauche, elle frôle une épaule, un flanc, une touffe de cheveux. Toutes ces vies, la sienne et celle qu'elle porte.

Au cabinet. Attendre l'ascenseur. Viens, on prend les escaliers, c'est plus rapide. Râler. Déjà. Les pas pressés dans les couloirs. Ouvrir un tiroir. Chercher dans le tiroir. Fermer le tiroir. Celui du dessous. On ne peut pas l'ouvrir si le premier n'est pas refermé. On discute. On argumente. Sous-entendus. Ragots. Blagues. Rire. Au moins sourire. Diane entre, ressort, revient, s'assied avec un café, ses lèvres s'agitent, tant de choses à dire et tant d'autres à taire. Elle quitte le bureau. C'est Pierre-Pol à présent qui est assis, il la mange des yeux, il a attrapé un trombone qu'il supplicie, ses doigts comme des vers se tortillent sur le métal, il se tait mais reste là. Regarde Anna qui regarde par la fenêtre.

À table. Le pire moment de la journée. Tout va trop vite. Les bouches s'ouvrent, se ferment, les dents triturent, déchiquettent, les langues aspirent, les glandes sécrètent, la salive corrode. Déglutir, reprendre son souffle, recommencer, garder le rythme, une bouchée, une autre, visages congestionnés dans l'effort. Lutter contre la nausée qui emporte tout sur son passage. Anna, tu n'as pas faim ?

Se laver les mains. Elles dansent toutes seules, reconnaissent les gestes, font des entrechats sous l'eau, les doigts s'enlacent, d'où vient cette grâce innée des mains sous l'eau, arabesques, l'eau perle sur les ongles, on dirait des gouttes, des larmes, mes doigts pleurent, ils réclament le silence, le calme, une pause. L'eau continue de dégoutter, les pleurs redoublent, ils ruissellent sur les parois du lavabo, si on touche du bout du doigt une goutte agrippée à l'émail, elle se dissout et fond dans la matière. Anna, dépêche-toi, la réunion a commencé, vite, sèche tes doigts avec le papier jetable, froisse-le en boule et paf dans la poubelle où des monceaux de boulettes de papier attendent d'être broyées par les mâchoires métalliques.

Dans la rue. Des dizaines, des centaines de pieds compressés dans du cuir usé, vernis, lacé, fendillé, moite. Des orteils, des ongles incarnés, des verrues plantaires. Ça grouille de petits soldats qui marchent, avancent, courent, reculent. Le feu passe au vert. Au rouge. Au vert. Au rouge.

Dans un magasin. Faire la queue. Attendre son tour. Se faire doubler. Ou doubler soi-même. Madame, vous pouvez avancer, s'il vous plaît, y en a qui travaillent !

Anna regarde Bertrand qui se déshabille. Il disparaît dans la salle de bains et réapparaît tout propre. Il se couche dans un parfum de savon. Il chausse ses lunettes et attrape un magazine. La maison craque ici ou là. La matière respire, récupère, se détend. Le temps se ralentit. Les cellules se réordonnent en silence. Cellules, noyaux, électrons tout autour, calmez-vous mes chers petits, ions, neutrons, protons, baryons, venez vous ranger sagement, au lit mes cœurs chéris. Vous en avez du travail mais patience. Paris ne s'est pas fait en un jour. Reposez-vous à présent, il vous faut reprendre des forces, demain vous devrez encore bâtir, assembler, ne pas vous tromper, respecter l'ordre et la structure, créer, vous multiplier. Soufflez un peu mes boyaux, mes entrailles, tranquillisez-vous mes artères, charriez moins vite, apaisez-vous mes organes, endormez-vous, on grandit pendant la nuit, disait Tina, fermez les écoutilles. Demain est un autre jour, on s'y remet dès le matin mais à présent, dodo. On va réussir à le faire en temps et en heure, ce bébé.

26

« As-tu pris rendez-vous avec l'architecte de Valentine ? Elle t'a donné son numéro il y a au moins quinze jours, tu attends quoi pour l'appeler ? »

Bertrand n'est pas content, cette histoire traîne et il est de méchante humeur aujourd'hui. Pourquoi Anna met-elle tant de mauvaise volonté, quelque chose lui échappe sans savoir quoi, ça l'irrite au plus haut point. Il éclabousse le miroir en rinçant le reste de mousse à raser, fait tomber son rasoir et se cogne contre l'angle du lavabo en se redressant. Rien ne va, ce matin.

Dans le dressing, Anna plie lentement ses vêtements et les range dans leurs emplacements attitrés. Le gilet gris avec les pulls foncés. Elle aime que les couleurs soient assorties, cela forme de jolis pans. Elle ne va pas y couper, il va falloir appeler. Bertrand ne lâchera pas parce que c'est Valentine. Il faut qu'elle s'en occupe ou bien il finira par le faire lui-même.

« Si cela t'ennuie, je le ferai moi-même. »

Bertrand s'est encadré dans l'entrée du dressing. Il la regarde ajuster la pile de vêtements, elle prend son temps jusqu'à ce que l'alignement soit parfait.

« Non, je l'appellerai aujourd'hui. J'ai été débordée ces derniers temps, pardonne-moi. »

Anna s'est retournée vers Bertrand, elle esquisse un sourire qu'elle veut rassurant. Elle lui caresse l'épaule par-dessus sa chemise. Tout va bien.

Une vague d'inquiétude parcourt Bertrand, sentiment récurrent à présent, il aimerait savoir quoi faire. Mais il doit partir, c'est l'heure, il a tant de choses à faire et si Anna n'appelle pas cet architecte, s'ils ne font pas les travaux, au fond il s'en fout.

*

Anna sort deux tasses et dispose dans un ramequin des biscuits au gingembre. Elle fait bien les choses. Elle arrange, ordonne, prépare et toutes ses pensées vont vers Valentine. Je te dédie cette journée, Valentine chérie. Chose promise…

On sonne. L'architecte est ponctuel. Elle le débarrasse de son manteau et l'invite à s'installer dans la cuisine. Tandis qu'ils boivent un café, elle l'observe. La quarantaine, pas très grand. Il porte une barbe de quelques jours, des lunettes à monture épaisse, une veste, une chemise immaculée et un jean. Il se présente, Jean-Pierre Dante. L'œil vif, mutin, le sourire d'un homme qui aime plaisanter et séduire. Merci, Valentine, je n'en attendais pas tant de ta part.

Elle agrippe ses cheveux en un vague chignon puis les relâche. Ils retombent en pagaille sur ses épaules.

« Ma belle-sœur m'a conseillé de vous contacter, elle ne se tarit pas d'éloges sur vous, il paraît que vous faites des merveilles… »

Il sort un classeur noir, s'apprête à lui montrer ses réalisations. Elle l'arrête en agitant sa main.

« C'est inutile. Je fais une absolue confiance à Valentine, elle a un goût infaillible. Moi, je n'y connais pas grand-chose… »

Elle étire un peu la voix. Laisse son regard traîner sur lui et sourit. Il se tait, embarrassé. Sans son classeur, il ne sait plus comment faire.

Elle reprend de sa voix de chatte. C'est devenu un jeu dont elle ne se lasse pas.

« Encore un café ? Je ne sais pas pour vous, mais moi ce matin je n'arrive pas à émerger… »

Elle attrape les tasses vides et se lève en bousculant sa chaise. Elle trébuche et pouffe.

« Ce que je suis maladroite ! »

Elle rapporte les cafés, il remercie à mi-voix et boit en silence. Il la regarde en coin. Il est troublé. D'habitude, ça ne se passe pas ainsi. D'habitude, on épluche son book, on s'extasie, on questionne, d'habitude il a des réponses précises, il fait mouche.

Anna se tait aussi et tripote une miette invisible, le regard perdu dans sa tasse. Le moteur du réfrigérateur ronronne. Au fond de la tasse, une petite mare noirâtre. Elle passe son index à l'intérieur et ramasse le reste de crème. Non, tout de même. Elle essuie son doigt sur une serviette en papier.

Il se lance.

« Valentine m'a parlé d'une remise dans votre jardin que vous voulez rénover pour en faire un home-cinéma. »

Il l'appelle par son prénom. Encore mieux.

Anna fait une moue et balance sa tête pour faire danser ses cheveux.

« Je dois pouvoir compter sur votre totale discrétion si nous faisons affaire ensemble. Je ne voudrais pas que Valentine ou quiconque… »

« Ne vous inquiétez pas, j'ai l'habitude, pas question de dévoiler votre projet avant qu'il ne soit achevé. Je comprends parfaitement ! »

Il a pris un ton de conspirateur, a scandé les syllabes « par-fai-te-ment. »

Elle décoche un sourire surdimensionné. Il lui rend, incertain, déstabilisé par cette complicité dont il ne comprend pas l'enjeu. Anna se lève vers la porte-fenêtre et observe le jardin anthracite à travers la vitre constellée de pluie. Les arbres écorchés, le ciel de plomb et tout au fond, la remise. Elle sent le regard de l'architecte descendre sur ses épaules, ses fesses, ses jambes. Elle croise les bras dans son dos.

Il la rejoint. Ils se tiennent tous les deux devant le jardin détrempé. Elle tourne la tête et le dévisage sans retenue. Yeux marron comme du vison. Lèvres charnues. Il porte un collier de bois au ras du cou. Elle examine le grain de peau. Les ongles. Ça va. Un parfum un peu lourd, mais il sent le propre. Oui, elle peut le faire. Elle a lu quelque part que certaines femmes enceintes ont une libido décuplée.

« Ah en effet, il est temps de s'occuper de votre remise… Elle a du potentiel, on peut en faire quelque chose de charmant ! »

Le visage encore gamin tout proche du sien. Elle lit l'impatience dans ses yeux, décrocher cette affaire, dessiner des plans audacieux, elle y lit la soif de réussite, la jeunesse insatiable. Pardon, Jean-Pierre Dante. Vous vous trouvez juste au mauvais endroit, au mauvais moment.

« On va la voir de plus près ? »

Anna reste silencieuse. Elle n'avait jamais remarqué comme le silence peut être lourd, électrique, sensuel. Le silence s'épaissit encore, sature l'attente, alourdit l'instant.

« On ne peut pas visiter la remise. »

Sa voix peut jouer des rôles inédits.

Le corps s'est raidi à ses côtés. Trois fois rien, un tressaillement, mais Anna l'a senti. Une fine transpiration perle sur le front et au-dessus de la lèvre supérieure. D'abord le book, maintenant c'est la remise qu'on ne peut pas voir.

« Allons bon… Mais pourquoi ? »

Ce serait le moment de le toucher. Attraper sa main, ou même un doigt, le serrer dans sa paume. Toucher sa cuisse, en balançant un peu le bras, effleurer son jean, une simple pression le long de sa jambe.

On pourrait aller s'allonger, là-haut, juste un moment, et ne plus bouger, ne plus parler. Juste se regarder.

Ses lèvres ont-elles prononcé ces paroles ?

Tu pourrais me toucher, ici, sur le ventre, ou bien là, le long des reins… On pourrait oublier, le temps d'une étreinte, pas de remise, pas de mensonges, filer en voyage, je veux me blottir dans la douceur de tes bras inconnus, s'il te plaît…

Qui a parlé ?

Tu me plais sans que je puisse en dire plus, rapproche-toi, viens que je te sente, allonge-toi là, sur la table, ou bien allons dans le salon, viens que je te déshabille, oublions les travaux, vois comme le canapé est confortable, il accueille nos corps, ne te presse pas, nous avons tout notre temps, toi comme moi savons, viens contre moi, une seule et unique fois, plus près, rien qu'une fois, comme ça, de bon matin. Regarde-moi. Je te plais ? Alors, viens. Au pied levé, au débotté. Un matin qui ne reviendra pas. Caresse ma peau, ensuite nous pourrons de nouveau mentir, oui, tu me touches comme il faut, les travaux, quels travaux, encore un peu de toi, la remise, quelle remise, laisse-moi t'embrasser, oui, ici, et là aussi, laisse-moi te découvrir, Valentine n'en saura rien, c'est un secret, j'aime ton corps qui ne m'aime pas, aime-moi encore un peu, ne t'en va pas, pourquoi te presser, non, ne dis rien, rien à dire, juste regarde-moi, sens comme j'ai envie de toi, tu peux explorer tout mon corps, mais la remise, non, nous n'irons pas…

Anna ferme les yeux. Les mots vagabondent sans propriétaire ni destinataire, ils n'appartiennent qu'à eux, beaux et inutiles. Ont-ils été chuchotés, gémis, hurlés ? Qui sait ? Ça ne change rien. Elle se sent lasse d'un coup. Expliquer, parlementer, temporiser, pourquoi est-ce si compliqué ? Après tout, c'est elle qui décide. On ne va tout de même pas la contraindre à faire ce qu'elle ne veut pas faire.

Elle se lève et rajuste ses vêtements. Qu'il parte à présent, elle a à faire et ne veut pas arriver trop tard au cabinet.

« En fait, je ne souhaite pas faire ces travaux, enfin pas tout de suite… Mon mari et sa sœur se sont emballés pour ce projet, un home-cinéma, à quoi pensent-ils, il y a tant d'autres sujets importants. J'ai mes raisons de ne pas vouloir toucher à cette remise. Je ferai les travaux, mais pas tout de suite, là maintenant, c'est un peu compliqué, vous comprenez ? »

Ils se font face. Elle s'est reculée. Elle remarque le ventre rebondi sous sa chemise cintrée, les souliers de mauvaise facture. La mine défaite. Un enfant à qui on aurait promis un cadeau et qui ne voit rien venir.

Anna se dirige vers l'entrée et il la suit – comment pourrait-il en être autrement ?

« Vous allez me préparer un projet, en prenant votre temps, au moins quinze jours pour le premier jet. Oui, un projet sans avoir vu la remise. C'est comme ça. À réception, je réfléchirai quelque temps pour vous faire savoir que je ne l'aime pas et vous en referez un autre. Nous ferons traîner le dossier jusqu'après Noël. En janvier, j'aurai pris mes dispositions et nous pourrons commencer les travaux. Il va sans dire qu'en contrepartie, je ne négocierai pas votre devis et que je vous donne le marché sans consulter un de vos confrères. »

Elle lui tend son manteau. Il se glisse dans l'habit. Elle caresse le col, le tissu est rêche. Elle saisit une petite poussière agrippée à la laine et souffle dessus, elle disparaît dans le néant. Elle lève les yeux vers lui. Il est blanc comme un linge. Elle dépose un baiser sur ses lèvres gercées, ouvre la porte et le pousse vers la sortie. Le vent s'engouffre dans la maison et une bourrasque soulève sa jupe. Ah ce froid. C'est l'hiver avant l'heure. Au revoir, monsieur Dante. Bonne journée.

27

Mon petit, mon tout petit, écoute-moi, j'ai une nouvelle à t'annoncer, oui je sais, on ne s'est pas parlé depuis longtemps, je suis désolée mais j'ai eu tant à faire tant à penser, mon petit allonge-toi, mets-toi à l'aise, il faut que je te dise, j'ai une grande nouvelle, un événement extraordinaire, quelque chose qui va bouleverser ma vie et celle de notre famille, famille, le mot est incongru dans ma bouche, j'ai une famille, avant toi je m'étais toujours pensée en apatride, en orpheline – à présent, je le suis vraiment –, qu'elle est étrange cette sensation de famille qui survient au moment même où mes parents ne sont plus (mes parents !), à présent je prends conscience que Bertrand et moi formons une famille, tu sais mon petit, c'est grâce à toi, c'est ton arrivée qui a tout changé, avant toi Bertrand et moi n'étions qu'un couple stérile, deux âmes attachées l'une à l'autre pour avancer plus solide, ne pas être seul, de là à appeler ça une famille, je vois bien la différence maintenant que tu es là, mon petit, tu changes la donne, une responsabilité à endosser, un rôle à jouer, d'importance, je ne suis plus une simple figurante, avec toi l'édifice a trois jambes, il a un sens, un haut, un bas, on peut le poser et l'assise est stable, une famille, notre famille, je dis notre famille pour te signifier combien tu fais partie du triptyque, partie de la famille, oui, je sais, ce n'est pas simple, à commencer par cette remise dans laquelle tu vis encore, tu me demandes, c'est quoi cette famille qui me laisse vivre seul dans une remise et tu as raison, tu me demandes, c'est qui ce père qui ne connaît même pas mon existence, et tu as raison, mais tu sais comme les choses sont difficiles, je n'étais pas préparée, tout a été si soudain, à ma décharge il faut se souvenir que tu es arrivé sans crier gare, je ne t'attendais pas, et ton père n'est pas encore prêt, mais tu sais combien je t'aime, je fais de mon mieux pour que cela change, bientôt tu viendras vivre avec nous, tu auras ta chambre, la maison est pleine de chambres inoccupées, tu pourras choisir celle que tu préfères la couleur des murs des rideaux, non, ce n'est pas de cela que je voulais te parler, nous avons déjà beaucoup discuté toi et moi de tout cela, c'est une question de jours, de semaines tout au plus, non, ce n'est pas de cela, je voulais t'annoncer une grande nouvelle, écoute-moi, mon petit, maman va avoir un bébé, oui, tu as bien entendu, maman a un enfant dans son ventre, c'est incroyable n'est-ce pas, depuis quelque temps il est arrivé et il vit en moi, oui, notre famille va s'agrandir encore, c'est une nouvelle n'est-ce pas, je vois comme tu es étonné, je le suis moi-même, je vois comme tu es heureux, tu es comme moi tu penses comme moi, cette famille si jeune encore si fragile, accueillir une âme supplémentaire, une âme qui cherchait comme toi un nid et qui a trouvé abri chez nous, mon petit écoute ta maman, nous serons quatre âmes sous le même toit, nous formerons un tout indestructible, je serai votre mère, je servirai à quelque chose, je pourrai vous chérir, vous écouter, vous aider, utile, me lever le matin me coucher le soir espérer anticiper faire des projets recommencer, tenace, me remettre à l'ouvrage chaque jour, mon petit, sois patient, tout va rentrer dans l'ordre, encore un peu, un tout petit peu, c'est peu si tu penses au bonheur qui nous attend, allez, mon petit, il est tard, il faut dormir à présent, maman est fatiguée tu sais, un bébé ça ne se fait pas tout seul, je vais m'endormir mon petit, toi aussi, ferme tes yeux et dors bien mon petit, tu es bien installé, la couverture est suffisamment chaude et le canapé douillet, à demain, mon petit, à demain…

Anna se retourne contre le mur et se laisse aller au sommeil qui l'emporte dans les méandres de l'oubli. Bertrand dort depuis longtemps. La chambre est silencieuse, une chambre conjugale sans histoire, un homme et une femme côte à côte, que rien ne perturbe.

Au fond du jardin, la remise est plongée dans la nuit. La pluie s'infiltre à travers les tuiles manquantes et creuse des rigoles qui dégouttent le long des murs. Le canapé dérive comme un radeau sur l'eau.

28

La voix ricoche contre le béton de l'immense hall. Elle rebondit sur le haut plafond ajouré – il fait beau, on voit le bleu du ciel entre deux parpaings –, elle frappe les murs et résonne dans la nef. Les graves de la voix sont à peine perceptibles, étouffés par l'eau de la piscine. En revanche, les aigus parcourent l'espace en sifflant et viennent se ficher dans les tympans d'Anna avec un bruit mat.

La voix puissante délivre sans discontinuer des consignes simples, peu de mots qui, malgré la déformation acoustique, parviennent distincts jusqu'à Anna. La voix encourage : *Allez continue, encore, on ne lâche pas, c'est bien*. Parfois la voix monte encore plus dans les aigus, alors c'est un rayon sonore qui déchire le brouhaha, félicite, invective, ou réprimande, on ne peut pas savoir de si loin.

C'est la voix d'un homme que l'on devine habitué à stimuler les corps dans l'effort. Il se tient de l'autre côté du bassin, à l'extrémité droite où sont donnés les cours et les entraînements. Anna nage dans le dernier couloir à gauche, réservé aux bons nageurs. Quand elle redresse la tête, elle entrevoit la silhouette de l'homme, debout devant le bassin, tête baissée, affairé à ce qui se passe dans l'eau. Il fait des moulinets avec ses bras.

La voix de l'homme entraîne Anna dans sa nage. Elle la laisse pénétrer son corps et utilise sa puissance pour nager. Elle suit son rythme et obéit aux ordres comme s'ils lui étaient destinés. *Sur le dos maintenant*. Elle obtempère. Elle envoie ses bras en arrière, *relève la tête*, avance en cadence, *tiens bon*. Elle se sert de la voix, persévère avec la voix.

Elle nage à l'unisson de ce qu'elle imagine là-bas, dans le couloir de droite et cette concorde décuple ses mouvements. Elle devine les corps musculeux des nageurs, électrisés par la voix, les cuisses épaisses, les torses vastes comme des plaines, les visages compressés par l'attirail, les mains déployées pour avaler l'eau. Elle décuple l'énergie libérée par les brasses, les battements, les décibels, l'émulation. Elle pousse son corps, qui accède à ses demandes, à la seconde, sans rechigner. Elle n'a plus de limites.

Allez, on souffle. Elle ralentit le rythme presque à regret. Elle étend ses mouvements pour compenser la perte de vitesse par l'ampleur de l'étirement. *Sens tes bras, sens tes jambes...* Elle se laisse porter par la rémanence de l'énergie. Son sang circule à toute allure, il irrigue ses artères et va oxygéner chaque muscle, ils sont fermes et féconds. Elle se détend totalement et se laisse aller à la voix qui à présent se fait câline, *on inspire profondément,* c'est la fin de l'entraînement. Elle sent son ventre qui bat. Elle sourit aux poutres de béton qui zèbrent l'azur au-dessus du bassin.

Elle cherche Bertrand des yeux. Il est sorti de l'eau et est assis sur un banc, entouré de sa serviette. Il la regarde dans l'eau, un drôle d'air sur son visage. Buté, lointain, étranger. Une toute petite seconde s'écoule où leurs regards se croisent sans se reconnaître. Qui est cette femme qui nage comme une forcenée ? Quel est cet homme qui frissonne dans l'éponge humide ? Qu'est-ce qui les distingue de deux inconnus qui nagent un jour par semaine à la piscine et se croiseraient sans jamais se voir ni se parler ? Par quel caprice de la vie sont-ils mariés ? Que savent-ils l'un de l'autre ?

*

Elle finit de se rhabiller dans la minuscule cabine. C'est le moment qu'elle abhorre, les pieds ne peuvent éviter le contact avec le carrelage poisseux, elle ne parvient pas à sécher sa peau malodorante malgré la douche, le maillot mouillé pèse dans son sac. Pourtant, elle sourit encore. Elle passe sa main sur sa poitrine. Comme elle aime cette sensation d'être habitée. Si seulement Bertrand pouvait la ressentir aussi, il ne pourrait pas ne pas comprendre.

Elle avance dans le couloir vers la sortie. Elle va retrouver Bertrand. Elle marche le pied leste, portée encore par la puissance des nageurs de tout à l'heure.

*

C'est la voix qu'elle entend d'abord, forte et entraînante mais, maintenant qu'elle ne se réverbère plus sur l'eau, elle reprend sa véritable tessiture. L'enthousiasme semble un peu surjoué, il se trouble de lassitude, de fatigue, elle entend l'envie de faire vite, c'est assez pour aujourd'hui, d'autres choses à faire, en retard sur l'agenda. Une voix sans manière, peu amène sous les mots, l'accent des faubourgs, dirait Tina.

« Ah si tout le monde était comme vous, ça tournerait plus rond, c'est sûr, mais les gens qui prennent le temps d'aider, ça court pas les rues, j'peux vous l'dire, attendez voir, on va prendre çui-là maintenant, ça va aller ? Allez c'est parti, mon coco ! »

Dans le hall, Bertrand est de dos, penché, et se tient à côté de la voix. Elle appartient à un homme râblé, les jambes arquées dans un jean trop grand. Ils ont saisi un petit corps et l'assoient sur une chaise roulante. Pendant que l'homme le sangle et place les pieds dans les cales, Bertrand caresse la tête posée sur le corps désarticulé. C'est un enfant, il a tourné son visage et, de ses grands yeux écarquillés, dévisage Bertrand. Autour d'eux, trois autres chaises, déjà occupées par des corps désarticulés. Les hommes empoignent chacun une chaise et sortent sur le parking devant la piscine. Une fourgonnette est garée, le coffre béant. Ils poussent les chaises le long des rails qui s'enfournent dans l'habitacle. Dans la voiture, deux enfants sont déjà installés et observent le va-et-vient.

La voix d'Ava surgit du tréfonds des âges. Ne regarde pas les handicapés, ça porte malheur. Ne regarde pas, fais comme si tu n'avais pas vu. Ils n'aiment pas qu'on les regarde et toi, ça reste en toi et ça porte malheur. Surtout dans ton état.

Anna voudrait courir le dire à Bertrand, mais les deux hommes discutent gaiement devant la voiture et ne semblent pas pressés de revenir. Dans le hall, un enfant commence à gémir, j'ai faim. Anna voudrait dire à Bertrand de ne pas regarder, au moins de ne pas toucher, mais elle ne sait comment sortir sans passer devant les chaises.

« Anna, te voilà. Attends-moi cinq minutes, veux-tu, j'aide monsieur qui est tout seul pour s'occuper de tous ces enfants. »

« Normalement on est deux, mais mon collègue a filé, un baptême, notez, j'aurais fait pareil, mais quand c'est vous qui vous y collez... Heureusement, votre mari me donne un coup de main, vous z'inquiétez pas, on a presque terminé. »

Ils saisissent les dernières chaises et ressortent. Bertrand a posé une main sur l'épaule de l'enfant et se penche, sans doute lui parle-t-il, alors, c'était bon ce bain ? Tu aimes la piscine ?

Ne regarde pas, coasse Ava. Fais comme si tu n'avais pas vu. Anna touche son ventre. Elle doit penser à l'enfant avant tout. Oui, maman, j'ai entendu. Je ne regarde pas. C'est promis.

29

L'oiseau s'est envolé tôt ce matin, il faisait encore nuit. À contrecœur, il s'est rendu à l'évidence. S'il restait, il ne passerait pas l'hiver. Il avait pensé être différent. Ne pas avoir besoin de partir. Viens avec nous, avaient supplié les autres, tu ne tiendras pas le coup, viens avec nous au-delà de la mer et du désert jaune. Mais il s'était attaché à ce jardin, au tilleul où cet été ils avaient fait leur nid. Il n'avait pas écouté leur supplique et les avait regardés s'envoler, sûr de son choix.

À présent il vole à un bon rythme. Il les rattrapera.

*

Aurore Denamur est assise dans sa vaste cuisine et contemple le carnage que peuvent provoquer en quelques minutes à peine quatre adolescents. Paquets de céréales éventrés, bouteille de lait renversée, vide – enfin presque. Reliquats de tartines, croûte de fromage avec trace de dents, opercule de yaourt collé à la table. Brosse à cheveux à côté de l'évier. Écharpe sur le sol. L'horloge murale marque le temps, il n'est pas encore huit heures. Dehors, la cour de l'immeuble. La longue journée. Le froid.

Ça fera du travail pour la bonne ; elle n'a rien à faire dans cette maison.

*

J'ai peur dès le matin. J'ai peur dans la salle de bains, glisser dans la baignoire, tomber dans les escaliers. J'ai peur dans le métro, me faire bousculer sur les voies. J'ai peur de l'ordinateur et du téléphone portable, ils émettent des ondes qu'on ne voit pas mais qui vous pénètrent et vous donnent le cancer, une malformation pour le bébé. J'ai peur de manger, pesticides, salmonelles, légionelloses. J'ai peur dans la rue, qu'on me suive et qu'ensuite ils soient sur moi et me violentent, je suis enceinte, crierais-je, mais ils s'en ficheraient, des voyous qui ne pensent qu'à l'argent. J'ai peur la nuit, peur du noir, des cauchemars, du vide qui vous avale. J'ai même peur de Jean, et s'il était jaloux du bébé, il pourrait lui faire du mal, s'asseoir dessus, vouloir l'étouffer.

*

Le froid mord ses ailes, il vole du mieux qu'il peut, mais son envergure est trop faible. Il le sent même s'il n'a jamais fait le voyage. C'est inscrit en lui. Il bat des ailes et avale les kilomètres, il n'écoute pas sa souffrance, il vole, droit devant, avec ténacité. Il y croit encore.

*

Jean-Pierre Dante taille sa barbe devant le miroir de sa salle de bains. Avoir l'air cool, ça se travaille.

*

Monique se tient devant la tombe d'Ava. Une fine couche de neige la recouvre. Elle s'assied sur la pierre glacée. Elle balaie la poudre de ses mains et glisse ses doigts dans les replis des lettres gravées. Pour un peu, elle s'allongerait.

Tu avais raison Ava, avec un peu de patience… Elle me vend la rue de Maubeuge, je m'installe au printemps. Ne t'inquiète pas, rien n'a changé, elle a juste pris quelques vieilleries de Tina, rien à toi.

*

Il y avait cette femme aussi. Il aimait la voir dans le jardin. Il chantait pour elle. Elle avait l'air si seule, debout dans le jardin. Elle va lui manquer. Là-bas, au bord de la mer, il n'y aura pas d'humain. Le temps semblera long avec juste la mer et les autres oiseaux.

*

Bertrand se lave les mains deux fois de suite et les essuie en tirant trois fois sur le dévideur pour avoir suffisamment de tissu propre. Pour sortir des toilettes, il attrape la poignée avec le mouchoir qu'il a toujours dans sa poche à cet effet.

On n'est jamais assez prudent.

*

Ça a bougé en moi. Un petit choc léger, une bulle. Ça a pétillé. Roulé contre la peau à l'intérieur.

*

L'oiseau est épuisé. Il a cherché toute la journée les courants ascendants, mais c'est déjà trop tard dans la saison. Il ne va pas assez vite. Il faut qu'il fasse un arrêt. Il doit être raisonnable. Il cherche un endroit propice pour passer la nuit. Avec des humains si possible. Il aime les humains.

*

Ceux d'Anna ne sont sûrement pas aussi mous… Ils doivent être juste comme il faut, avec de jolis tétons… Je baise Diane en pensant à Anna… C'est cinglé… Qu'est-ce qui m'arrive ?… On travaille ensemble depuis si longtemps… Je perds la boule… Au point d'en baiser une autre… Peu importe laquelle… Pas de pot, elle a des seins mous… Tandis que ceux d'Anna…

*

J'adore la façon qu'il a de me soupeser les seins, ses mains sur mes seins, ses grosses mains poilues sur mes petits seins, il les palpe comme s'il voulait les arracher, j'adore ça, mon Dieu, je me tape le patron…

*

Dans un champ il aperçoit trois enfants en lisière des arbres longilignes. Il va s'arrêter là. Il descend, survole la clairière. Les enfants s'amusent à grands cris, l'un d'eux tient dans ses mains un long bâton. Ils sont gais, ils chahutent.

Ils l'ont repéré et font de grands gestes. Ils crient et tendent le bâton dans sa direction.

*

Le vendredi soir, c'est Bertrand qui prépare le dîner. Avec du pain de campagne et tout ce qui traîne dans le frigo, il confectionne de grosses tartines et hop au four. Ce soir, il est d'excellente humeur. Un rendez-vous constructif avec un client, de bonnes perspectives. Il met la dose de râpé.

Attention, je prends le pain dans le congélo, j'espère que t'y as pas planqué nos bébés !

Anna recroquevillée sur le canapé du salon regarde les infos. On n'y parle que de cette découverte funeste, deux bébés congelés, la mère au regard obtus, le mari qui se serre contre elle comme les deux perruches de la rue François-1er.

*

Le choc le propulse vers le ciel mais, très vite, il perd de l'altitude, son flanc blessé l'empêche de brasser l'air, il plonge en piqué, il va s'écraser, le sol se rapproche à toute allure.

Il n'aura pas vu la mer ni le sable doré.

*

Dans la cheminée brûlent les plans de la remise. Béton ciré, charpente lasurée, pierres brossées, écran connecté. Canapé d'angle et chaise Le Corbusier partent en fumée. Une belle flambée.

*

Putain, tu l'as eu ! Il est mort ou quoi… Attends, touche pas, mon père dit que c'est plein de saloperies les oiseaux, ton père il dira autre chose quand il verra qu'on a piqué sa carabine, putain tu l'as tué, putain c'est génial, faut qu'on rentre, il fait nuit, on va trop se faire engueuler s'il s'en rend compte, putain on fait quoi de l'oiseau, qu'est-ce tu veux en faire, t'es débile ou quoi, les renards vont le bouffer. Ou les sangliers. On s'en branle.

*

Anna pourrait jurer que c'est le bruit de la neige qui l'a réveillée. Elle se lève. Elle est nue. Elle a trop chaud.

Elle entend le son d'une flûte.

Elle va à la fenêtre. Il est dans le jardin, sous le clair de lune. Il joue d'une sorte de pipeau et danse en cadence. Ses longues jambes arachnéennes dessinent des arcs et sa musique rythme ses cabrioles fantomatiques.

Elle sort, elle veut le prendre dans ses bras. Elle ne sent ni les flocons qui paillettent sa peau, ni le froid sous ses pieds. Dans le jardin, l'enfant a disparu. Seules les traces sombres dans la neige immaculée, des poinçons noirs laissés derrière lui. Elle frissonne dans la nuit. Ô mon enfant, ô mes enfants, qu'allons-nous devenir ?

30

Pierre-Pol a prévenu. Deuxième semaine de décembre, je vous emmène trois jours au vert. Du vert en décembre. Il va falloir aller loin. Préparez une valise avec des vêtements légers, mais aussi quelques tenues chaudes, on ne sait jamais.

Tout le cabinet est en ébullition. Les paris vont bon train. Cannes ? La Corse ? Séville ? L'année a été fructueuse. Pierre-Pol va frapper un grand coup pour récompenser l'équipe.

Anna se sent mieux, elle a passé le cap des trois mois. Elle s'enthousiasme avec les autres, participe à la désorganisation qui règne au cabinet. Un air de vacances souffle dans les couloirs. C'est rafraîchissant cette pagaille. Ça change. Ça tombe à point nommé. Et puis Noël approche, rien que ça, c'est une bonne nouvelle. Plus que quelques semaines à tenir, Jean mon amour.

Le dimanche soir, elle prépare sa valise. Bertrand la regarde faire, allongé sur le lit, silencieux. Elle attrape un corsage, le replie contre elle et le pose sur la pile de vêtements. Il se sent désorienté, ne sait pas faire face à l'isolement dans lequel il la voit s'enfermer depuis des mois. Il y a quelques jours, il a appelé sa sœur Valentine. Un conseil à te demander, ah tu tombes bien, a-t-elle dit, elle était très ennuyée, elle venait de raccrocher avec son architecte, tout à fait confus, oui ils se vont vus, ah tu n'es pas au courant, figure-toi qu'il a envoyé des plans à Anna, comment ça, elle a dû oublier de t'en parler ? Il la coupe, il voudrait lui parler d'autre chose, d'Anna qui est si fatiguée, il pense à des vacances, une semaine au soleil, aurait-elle une adresse, tu as raison rien ne vous remet d'aplomb comme le soleil d'hiver, j'ai une adresse formidable, un hôtel avec thalasso, a-t-elle précisé.

Il a réservé un bungalow sur une eau poissonneuse avec climatisation et wifi. Il lui dira à son retour. Le plaisir est aussi dans la surprise, a souligné Valentine.

Anna choisit deux paires de chaussures, des sandales, remplit une poche avec sa lingerie. Pierre-Pol a fait ramasser les passeports. Fallait-il organiser un visa ? Il a dit, quelques heures d'avion, quasi pas de décalage horaire. Marrakech tient la corde. Une robe un peu élégante, il y aura sans doute une soirée. Une veste. Quelques bijoux. Pas trop de choses, ils rentrent jeudi.

« Tu vas me manquer. Je n'aime pas qu'on soit séparés. C'était quand, la dernière fois ? »

Elle s'allonge à côté de Bertrand et réfléchit. Ça fait sans doute des années qu'ils ne se sont pas quittés et pourtant, depuis des mois, elle s'est éloignée comme jamais. Soudain, elle prend conscience de la solitude dans laquelle elle vit ces derniers temps et une tristesse infinie l'envahit, comment a-t-elle pu traverser toutes ces épreuves sans y associer Bertrand, l'homme qu'elle aime par-dessus tout, son sauveur comme elle aime dire *pour rire*, où est passée l'envie de rire, pourquoi s'est-elle claquemurée, pourquoi tant de drame, en fait c'est si simple, si *normal*, pourquoi l'a-t-elle privé de cette joie, il a le droit de partager la merveilleuse nouvelle, c'est son mari, le père de cet enfant, c'est un homme bon et généreux, il aimera le bébé et Jean aussi. Il les accueillera sous son toit, c'est un homme de cœur.

Elle attrape la main de Bertrand et la porte à sa bouche. Elle dépose un baiser dans sa paume et vient appuyer sa joue contre la chair tiède. Elle ferme les yeux pour mieux sentir la caresse. Bertrand fait glisser sa main vers ses cheveux et masse sa tête, la nuque. Il l'attire vers lui et l'embrasse. Anna se laisse aller dans les bras aimants. Cela fait des semaines, comment il est bon de se détendre contre ce corps familier, contre la couverture moelleuse, une petite enclave de bonheur dans la nuit hivernale.

*

Ils vont à Istanbul. C'est à peine croyable. Combien de villes, combien d'hôtels, de plages, de casinos… Et il a fallu que Pierre-Pol choisisse Istanbul ?

*

Dans l'avion qui a débuté sa descente, elle contemple le Bosphore par le hublot. Diane est penchée sur elle pour mieux voir et s'extasie, Istanbul, c'est magique, *Les Mille et Une Nuits*, les loukoums, les bains turcs, les maharadjahs, elle mélange tout et s'en moque, elle est ravie, elle arbore une nouvelle coupe de cheveux et semble avoir rajeuni de dix ans, tandis qu'Anna se tasse dans son siège à mesure que l'avion descend vers la terre de ses ancêtres.

*

Ils ont marché toute la journée, un tour complet avec un guide turc qui a tout expliqué de la ville, Byzance, Constantinople, l'empire Ottoman. Sainte Sophie. Les mosquées. Le quartier juif. Une synagogue défoncée. Sur la trace de Tina, d'Ava et de tous ceux dont elle partage le sang sans connaître leur nom. Ce peuple dont elle ne sait rien.

*

Ils naviguent vers les îles. Un dîner de gala dans une villa stambouliote devenue palace. Il fait doux. À droite, la rive occidentale, à gauche, l'orient. Les lumières vibrent dans le couchant. Pierre-Pol sert le champagne, une brise salée soulève les cheveux et les jupes en soie. Finalement, ce n'est pas difficile. Istanbul est un mot, certes effrayant, mais on peut l'apprivoiser. Istanbul est – était – un concept. À présent, c'est une image, un peu sale, banale. Des gens qui marchent sur des trottoirs poussiéreux, des femmes voilées, une suite d'immeubles et de rues. Istanbul n'est qu'une ville comme les autres. Il n'y a pas de roses à Istanbul, pas plus qu'il n'y a de Juifs. Presque plus de Juifs à Istanbul. C'est le guide qui l'a dit. Les synagogues, c'est pour le folklore. Les Juifs ottomans sont tous morts (ça, le guide ne l'a pas dit). Sépultures à l'abandon, pierres tombales enfouies dans la broussaille, destins tombés dans l'oubli pour les siècles des siècles, morts bafoués, *morts pauvres morts… Ils doivent trouver les vivants bien ingrats, à dormir, comme ils font, chaudement dans leurs draps…*

Istanbul est une parole vaine, un souvenir faussé, une chimère. Il n'y a rien à craindre, Istanbul n'existe plus. Tant d'angoisse pour si peu. On se fait un monde alors qu'en fait… Anna sourit en buvant son champagne, juste une larme, ça ne peut pas faire de mal. Elle pense à Bertrand.

*

Ils se téléphonent depuis sa chambre d'hôtel. Dernière soirée à Istanbul.

« Bertrand, j'ai quelque chose à t'annoncer en rentrant. »

« Ah ? Tu as rencontré un Turc et tu me quittes ? »

« Idiot. Je suis sérieuse. Ça fait des semaines que j'aurais dû t'en parler, c'est important. »

« Anna, tu m'inquiètes. C'est grave ? »

« Mais non… Tu verras. Ne me demande rien. C'est une bonne nouvelle. Une surprise. J'ai hâte de rentrer. »

« Tant mieux. J'aime les bonnes nouvelles. Tu as une bonne voix, Anna, ça fait du bien de t'entendre. En attendant, prépare-toi à avoir un choc avec la météo… C'est la tempête ici, ils ont annoncé un gros coup de vent, ça souffle déjà à mort et ça va souffler toute la nuit. J'espère que ça ira demain, dans l'avion. »

« Bonne nuit, Bertrand. »

« Bonne nuit, Anna. »

31

Le hall des soins intensifs a été décoré pour l'occasion. Le comptoir d'accueil, les pieds des chaises dans la petite salle d'attente, les hublots des portes. Ce n'est pas parce qu'on est dans l'antichambre de la mort qu'il ne faut pas se réjouir. Dans quelques jours, c'est Noël, malgré tout. Les guirlandes dorées, les angelots, les étoiles élimées, tout a été arrangé pour dispenser l'esprit de la fête.

En arrivant, Bertrand croise l'infirmière, celle qui prend ses gardes à dix-huit heures. Elle fait les nuits malgré ses enfants en bas âge. Bertrand l'aime bien – en de telles circonstances, trois jours suffisent pour créer une intimité. Elle a collé un père Noël sur sa blouse, en dessous du nom de l'hôpital. Il la salue.

« Bonsoir, comment allez-vous ? »

« Dites donc, il est de bonne heure aujourd'hui, je viens à peine de commencer mon tour. C'est bien, vous avez pu vous libérer tôt. »

« Oui, je suis venu directement après un rendez-vous sans repasser au bureau. J'ai même pris le temps de m'acheter à dîner, du chinois cette fois. »

Il secoue un petit sac en plastique duquel se dégage une odeur de friture.

« Il ne faut pas perdre l'appétit, vous avez raison. Quand elle se réveillera, elle aura besoin de toutes vos forces. »

« Et les enfants ? Ça va ? »

« Ils sont insupportables, des boules de nerfs, ils attendent Noël ! »

« Dans quelques jours, on y sera, les enfants auront leurs cadeaux. »

« L'infirmière de jour m'a dit que le médecin était passé et qu'il était content de l'évolution. On ne va pas tarder à la réveiller. On tient le bon bout. Vous pourrez le joindre demain dans la matinée pour en savoir plus. Allez vite la voir, je passe dans quelques minutes. »

Elle s'éloigne d'un pas rapide, faisant couiner ses mules en plastique. Il l'écoute interpeller les autres infirmières, elles échangent quelques paroles gaies et pressées puis continuent leur parcours de chambre en chambre. Si seulement il pouvait faire sienne un peu de cette tendresse ordinaire, si seulement il lui était possible de retrouver une once de conviction, un semblant de foi… Mais il est seul, au pied du mur, sa vie a perdu la raison en un claquement de doigts et personne ne peut rien pour lui.

Il suit la bande orange au sol qui guide les visiteurs. La plupart des portes sont ouvertes et son regard capte malgré lui l'arsenal de tuyauteries et d'écrans. Il essaie comme chaque soir, mais échoue comme chaque soir à rester étanche aux sonneries stridentes, à l'odeur iodée, à la lumière écrasante des néons. Il déteste les hôpitaux. Dans chaque recoin se tapissent des ombres à l'affût des âmes mortes. Cette fois-ci, c'est peut-être son tour.

La porte de la chambre est fermée. Il saisit la poignée qui coulisse sans bruit et referme derrière lui.

Sur le tabouret contre le mur, il pose son cartable. Enlève son manteau, son écharpe, hésite mais retire sa veste. Il fait sombre, seule la petite lampe de chevet est allumée. On a baissé les stores métalliques, les lumières de la ville clignotent entre les lattes. Il examine les données sur l'écran. Les variables sont bonnes, les bips lents, réguliers.

Il contourne le lit et s'assied dans le fauteuil. Il a faim. Sur la table de chevet, il y a le plateau que les infirmières laissent pour lui, avec une carafe d'eau et un verre. Il le pose sur ses genoux et sort les boîtes transparentes qui contiennent son dîner. C'est mou, épicé, refroidi, mais il a faim. Il boit un peu dans le verre de cantine. L'eau a un goût de pierre, elle est tiède, mais il a soif. Il essuie ses lèvres avec une serviette en papier qui n'absorbe presque rien du gras déposé sur sa bouche.

Il remballe les restes dans le sac et fait un nœud avec les poignées pour les odeurs. Il se lève et va dans la salle de douche, jette le sac dans la poubelle sous le lavabo. Il lave ses mains, deux fois, rince sa bouche, renifle ses doigts. Ça sent encore le chinois. Le savon ne mousse pas assez, ça sentira jusqu'à la maison.

De retour dans la chambre, il attrape son ordinateur dans son cartable. Il se rassied et l'allume. Il voudrait travailler deux heures avant de rentrer. L'écran éclaire violemment la pièce, il règle la luminosité au plus bas, on ne sait jamais. Il pianote sur le clavier. Le temps passe, ponctué par les alertes intermittentes des capteurs. Le tempo régulier anesthésie sa conscience. Il finit par ne plus y prêter attention.

L'infirmière arrive quarante minutes plus tard. Elle allume le plafonnier qui jette une lumière brutale. Il cligne des yeux.

« Pardon, mais je dois allumer, désolée, il faut que je vérifie les perfusions. »

« Faites votre travail, ne vous inquiétez pas pour moi. »

« Là… C'était presque vide, il était temps que je passe… Vous travaillez encore, vous êtes courageux… Vous devriez vous détendre, vous asseoir sur le lit, près d'elle… »

« Vous aussi vous travaillez… Nous travaillons tous… C'est comme ça… Quand on aime son travail, ce n'est pas un problème, non ? »

L'infirmière ajuste les draps.

« Voilà, tout va bien. On va vous la rendre en pleine santé, votre femme. »

« J'y compte bien ! »

Il a répondu sur un ton enjoué qui l'irrite. Tout sonne faux. Le chinois lui a laissé un goût métallique sur la langue. Il aimerait se brosser les dents.

L'infirmière éteint la lumière et referme derrière elle en lui souhaitant bon courage. Il se retrouve dans l'obscurité à peine troublée par la lampe de chevet. Avant que ses yeux ne se réhabituent, il se lève. En tâtonnant il cherche, touche les draps, trouve la main. Il s'agenouille et pose son front sur le lit. D'un doigt, d'un seul, il touche la main inerte, évitant les pansements qui maintiennent les perfusions. Il effleure quelques centimètres de peau, sans remonter vers le bras ou le visage, vers la tête enturbannée de blanc. Il ne reconnaît pas cette peau rêche et froide, l'odeur qui s'en dégage lui est inconnue, une émanation chimique, saline. Il essaie de parler mais rien ne vient. Il ne parvient pas à suivre les conseils, elle vous entend sans doute dans son sommeil, elle peut sentir votre présence, vos caresses, montrez-lui que vous êtes là et que vous avez hâte qu'elle revienne. Rien ne vient ni ne revient. Il ne peut pas poser ses yeux sur le corps dans le lit. Il ne comprend pas. Tout a basculé si vite, de la présence à l'absence, de la parole au silence, de l'amour innocent au doute monstrueux. La brutalité et l'absurdité de l'accident ont provoqué tour à tour l'épouvante, l'incompréhension, la sidération et à présent, c'est la colère qui l'habite, une colère inconsidérée, furieuse. Il sait l'aberration de ce sentiment, mais ne peut s'empêcher de nourrir une immense rancœur. Il en veut à tous, à cette infirmière qui peut vivre insouciante aux côtés de tant de détresse, aux médecins qui ne savent rien expliquer, à tous les êtres humains qui ce soir se réjouissent à quelques jours de Noël, et surtout il lui en veut à elle, sa femme, de s'être mise en danger sans discernement, sans préavis, sans raison.

Quand les formes sous les couvertures sont de nouveau distinctes, il se relève et retourne à son ordinateur. Aux données tangibles qui ne trahissent pas. Il travaille sans relâche jusqu'à vingt-trois heures passées. Quand ses yeux le brûlent et qu'il commence à bâiller, il remballe ses affaires et se rhabille – veste, écharpe, manteau, cartable. Il quitte la pièce, sans un regard pour Anna qui gît dans le lit.

32

« Entrez, je vous en prie. Asseyez-vous. »

« Bonjour docteur. Merci. »

« Comme je vous l'ai dit au téléphone, l'état de votre femme est stabilisé. La plaie cicatrise. Le traumatisme crânien se résorbe. On va donc tenter un réveil aujourd'hui. »

« … »

« Vous avez sans doute des questions. »

« Oui, un réveil aujourd'hui. Tant mieux, ah, tant mieux… Donc elle va bien ? »

« Elle va bien, du moins sur le plan clinique. Comme je vous l'ai dit quand vous êtes arrivés aux urgences, le traumatisme n'est pas méchant. On l'a sédatée non pas à cause de ses blessures mais plutôt en raison de son état psychologique. Pour que la cicatrisation se fasse sans encombre, qu'on puisse procéder aux examens nécessaires.

À présent, il n'y a pas de raison de ne pas la réveiller. »

« Ah, tant mieux. »

« … »

« Avez-vous d'autres questions, monsieur Boismorel ? »

« Euh… non, je ne vois pas, non… Si on la réveille, c'est que ça va aller, n'est-ce pas ? »

« Moi, j'ai une question. À votre arrivée, vous avez expliqué que votre femme s'était blessée à votre domicile. Mais vous n'avez rien dit de son agitation, l'état de confusion extrême dans laquelle elle se trouvait et qui nous a conduits à la plonger dans le sommeil artificiel… »

« … »

« Vous devez comprendre que nous avons besoin d'en savoir un peu plus sur ce qui s'est passé. Nous n'avons pas encore eu l'occasion d'avoir cette conversation, jusqu'à présent la priorité a été son rétablissement physique. Mais tous les médecins qui ont suivi votre femme s'accordent pour dire que son état était très inquiétant, je veux dire, son état nerveux… »

« Docteur, je n'arrête pas d'y penser, je vous assure… »

« Et ? »

« Et, rien. »

« Comment ça, rien ? Monsieur Boismorel, il va falloir parler tout de même. Soit vous me parlez à moi, maintenant, soit il faudra envisager un suivi psychologique, mais je ne peux pas vous laisser repartir avec elle sans m'être assuré de la suite que vous donnerez à ce qui s'est passé. »

« Je vous le répète, je ne comprends rien, mais alors, rien de rien. Je tourne l'histoire dans tous les sens et je ne vois pas d'explication plausible... Ma femme est soudain devenue comme folle, elle s'est à moitié tuée à notre domicile. Arrivée ici, elle a arraché ses perfusions et refusé qu'on la soigne, et, moi, il n'y a rien que je puisse dire parce que je n'y comprends rien. »

« OK, on va le prendre autrement. Si vous me racontiez comment c'est arrivé. »

« Comment c'est arrivé... »

« Oui. Comment s'est-elle blessée. »

« Elle s'est blessée... dans la remise. »

« De quoi s'agit-il ? Quelle remise ? »

« Dans notre jardin, la remise dont on se sert comme débarras. Le toit venait de s'effondrer à cause de la tempête. Il était en très mauvais état, nous devions faire des travaux, mais... »

« Elle était dans la remise quand le toit s'est écroulé ? »

« Pas du tout, non. Elle revenait d'un voyage professionnel à l'étranger... J'ai appelé son patron et une collègue de travail pour savoir si quelque chose s'était passé là-bas, mais ils ne m'ont rien appris, elle semblait même en forme, mieux que ces derniers temps... Depuis quelques mois elle n'était pas dans son assiette... Elle a perdu sa mère en août. »

« Ah, je le note... Bon, revenons à l'accident. »

« Je suis allé la chercher à l'aéroport. Elle allait bien. Dans la voiture, on a parlé de son voyage, elle disait avoir quelque chose à me dire mais voulait attendre d'être à la maison. Elle était gaie comme je ne l'avais pas vue depuis des semaines... Je lui ai dit que nous venions d'essuyer une tempête terrible, que le jardin avait subi des dommages... Je n'ai pas donné de détail, parce que je ne voulais pas avoir l'air de lui faire de reproches, d'avoir été négligente avec les travaux... Si nous les avions entrepris, le toit aurait sans doute tenu le coup... »

« Je vous en prie, continuez. »

« Arrivée à la maison, elle est allée voir le jardin... Quand elle a vu la remise... C'est là qu'elle est devenue comme folle... Je n'ai pas pu la retenir... Elle a couru... A essayé d'entrer dans la remise... Avec le reste du toit qui menaçait de s'écrouler... Elle pleurait... Criait... Et moi, j'étais affolé... Je ne l'avais jamais vue comme ça... Je n'ai jamais vu personne comme ça... On ne voit ça que dans les films... »

« Elle criait ? Que disait-elle ? »

« ... »

« Vous voulez faire une pause ? Tenez, un mouchoir. Un verre d'eau ? »

« Non... Continuons, qu'on en finisse... »

« Je vous écoute. »

« Elle appelait quelqu'un... »

« Qui ? »

« Jean... Jean... »

« Qui est Jean ? »

« Nous ne connaissons pas de Jean. »

« Je le note... »

« Elle remuait les gravats comme une furie, cherchait je ne sais quoi, appelait ce Jean en sanglotant. Puis quelque chose est tombé sur elle, une poutre ou des tuiles, je n'ai pas vu, il faisait noir... Elle a crié. J'ai accouru. Sa tête saignait. Il y avait du sang partout. Elle avait perdu connaissance. J'ai appelé les secours... La suite, vous connaissez. »

« Bon. Je vois… Avez-vous une idée de ce qu'elle pouvait chercher dans cette remise ? De ce qui a pu provoquer cette agitation ? »

« Cette agitation… Mais, docteur, ce n'était pas de l'agitation. C'était du délire… Une transe… Docteur, quand elle va se réveiller, peut-elle encore présenter un danger pour elle-même ? »

« Nous allons procéder par étapes. Baisser progressivement les doses de sédatif. La laisser reprendre conscience peu à peu. Et surveiller de près son état. Vous serez avec elle, pour l'aider… Vous pourrez la rassurer… Lui parler… »

« Lui parler… »

« Bien entendu. Tranquillement. Il faudra essayer de comprendre ce qui a déclenché tout ça, en douceur, lui demander d'expliquer. Elle verra un psychologue aussi… A-t-elle des antécédents ? »

« C'est-à-dire ? »

« A-t-elle déjà été suivie ? Et dans sa famille ? Des maladies psychologiques ? Des déclenchements de ce type ? »

« Rien du tout. Certes, sa famille est un peu excentrique… Mais elle, pas du tout, c'est même tout le contraire. Ma femme est très structurée, elle a grandi en pension chez les sœurs, ça lui a procuré un cadre solide, c'est une personne très fiable. Nous sommes tous les deux très structurés, moi, mon père était militaire… Docteur, cette histoire n'a pas de sens. Nous n'avons pas de secret l'un pour l'autre, rien ne laissait envisager que… Et la remise ? Pourquoi la remise ? »

« Monsieur Boismorel, et vous, comment allez-vous ? »

« Je vous demande pardon ? »

« Oui, vous. Vous aussi avez subi un choc. Comment surmontez-vous tout ça ? »

« Comment peut-on expliquer ce genre de choses ? On vit aux côtés de quelqu'un pendant des années, on pense tout connaître de cette personne, et d'un coup… Votre femme est une parfaite inconnue… Comment est-ce possible ? »

« Je crains de ne pas pouvoir apporter de réponse médicale à cette question. »

« Oui, bien entendu… Pardonnez-moi, je suis idiot… Merci pour tout, docteur. Vous parler m'a fait du bien. Je suis tellement… en colère… contre moi… contre elle… »

« Vous n'y êtes pour rien. Chacun mène sa barque comme il le peut. En revanche, ce qui est certain, c'est que votre femme va avoir besoin de vous. Ça va aller ? Pensez à vous faire aider, vous aussi. »

« Oui. Je vais l'aider. Je vais comprendre. »

« Revenez en fin de journée, elle sera réveillée. Et demain, vous pourrez discuter avec elle. »

« Oui, à demain, docteur. »

33

Anna a mal à la tête, très mal. Elle essaie de parler mais ses paroles restent enfoncées dans sa gorge. Elle tente de les faire rouler vers ses lèvres, l'effort est vain et consume le peu de lucidité qu'elle parvient à rassembler. Elle voudrait lever un bras, ou même un doigt, mais son corps est lourd dans le lit. Quel lit ? Les images éparses ne forment aucun ensemble cohérent, des draps jaunes – elle déteste le jaune –, un plafonnier rond, des murs laqués. Peu à peu, les bribes se combinent et une vision parvient jusqu'à sa conscience : c'est un lit d'hôpital. Elle s'affole, qui est malade, est-ce un accident, puis elle comprend qu'il s'agit de son propre corps dans le lit, que s'est-il passé, elle tourne la tête et Bertrand est là, assoupi sur un fauteuil.

Il dort assis, droit comme un i. Sa tête relâchée pend sur sa poitrine. S'il est là, près d'elle, alors tout va bien. Rien d'autre n'a d'importance. Il la veille ? Mais pourquoi ? Elle essaie de l'appeler mais sa bouche est de plomb. Elle ferme les yeux et dérive le long du lit, abandonne tout, glisse au fond de son corps.

Puis une détente la projette vers la lumière et ses paupières s'ouvrent. Bertrand dort toujours. Sa bouche s'est entrouverte et un filet de bave a mouillé sa chemise. Elle regarde mieux, le lit, le chevet, et voit ses mains bleuies par les ecchymoses. Son cœur s'alarme de nouveau. Comment est-elle arrivée dans ce lit ? Pourquoi ne se souvient-elle de rien ? Elle fouille dans sa mémoire, tout est confus. Bertrand. Sa présence la réconforte. Ils sont ensemble, rien ni personne ne peut les séparer, de ça elle est sûre. Ses yeux vacillent. Derrière ses paupières il fait noir, elle a peur, mais de quoi, elle doit rester vigilante, mais pourquoi, derrière ses paupières, ce qu'elle sent est terrible, elle rouvre les yeux.

« Anna mon amour... Tu te réveilles... Tout va bien, tu vas bien... Je suis là... »

Bertrand s'est levé et se tient près du lit.

Lui parler, lui dire qu'il faut qu'il la protège, mais de quoi ?

« Anna, n'essaie pas de parler, tu es encore trop fatiguée. Tu as dormi pendant quelques jours, ils t'ont fait dormir pour te soigner, tu étais trop agitée, il fallait te calmer... Tout va bien, maintenant. »

Elle a dormi plusieurs jours ? Il lui sourit, de son bon sourire réconfortant qu'elle aime tant, le sourire qu'elle a aimé d'emblée quand ils se sont embrassés la première fois à New York, c'est le même sourire, un sourire qui dit, sois tranquille

Anna, tout va bien, sois en paix, je veille sur toi, c'est ce sourire qui l'accueille le soir quand ils se retrouvent à la maison, bonsoir Anna, dit-il en souriant, tu as passé une bonne journée ?

Elle voudrait lui rendre son sourire, mais elle ne maîtrise pas les mouvements de sa bouche.

« Tu te souviens, Anna chérie ? Tu t'es blessée… À la tête… »

Ah, c'est donc ça, elle a mal parce qu'elle s'est blessée, mais que lui est-il arrivé, elle voudrait toucher sa tête, le pansement qu'elle sent contre son crâne, et son visage, est-il abîmé ?

Bertrand s'est assis sur le lit et a pris sa main, il la caresse du bout des doigts, à peine frôle-t-il sa peau, est-elle si fragile qu'il ne peut la caresser *normalement* ? Il dépose avec précaution sa main sur les draps comme s'il reposait un nouveau-né dans son berceau, il la regarde et ses yeux sont humides, il est comme intimidé, gêné, mais de quoi ? Que se passe-t-il ?

« Tu t'es blessée… Dans la remise… »

L'image revient comme un boomerang, la frappant de toute sa violence. Le toit crevé, les murs à vif, la remise brisée comme de la porcelaine. La remise balayée par le vent, la remise fracassée pendant la nuit, pendant la nuit…

Elle tente de se redresser, mais ses bras tremblent et ne parviennent pas à la soulever. Bertrand se précipite et la force à se rallonger.

« Non, ne bouge pas, reste tranquille, s'il te plaît, je t'en prie, reste allongée, ne recommence pas... »

Sa voix se brise. Il sanglote et répète, reste tranquille, je t'en supplie, reste tranquille...

Elle implore ses lèvres, sa langue, toutes les connexions de son cerveau. Sa bouche s'agite, c'est l'énergie du désespoir, il faut qu'elle parle, qu'elle demande, mais c'est de la bouillie qui sourd de sa gorge.

« La... remise... »

Elle implore des yeux mais Bertrand fuit son regard.

« J'ai tout fait déblayer, il n'y a plus de quoi s'inquiéter. Le toit a fini par s'effondrer, la tempête l'avait trop abîmé, c'était dangereux, j'ai tout fait raser. Les ouvriers sont venus et ont tout emporté, en quelques heures, c'en était fini, ils ont bien travaillé, il n'y a plus un clou, plus une vis, comme si rien n'avait jamais existé. Quand tu rentreras, tu verras, c'est bien, c'est propre, net, ça agrandit le jardin. On fera des plantations, des plates-bandes, Anna, ne pleure pas, on y mettra des mimosas, des arbres fruitiers, ce n'était qu'une simple remise, pourquoi pleures-tu, Anna, oh non, pourquoi te mets-tu dans un état pareil, je ne comprends pas, je suis désolé... »

Elle se souvient de tout à présent. Des blocs de pierre entravent son passage, elle les escalade en se griffant contre les dents de métal. Le plâtre s'effrite sous ses doigts. Elle respire l'odeur asphyxiante de la poussière mouillée, elle bouscule, renverse, cherche, chétive dans la remise éventrée, elle ne peut rien contre le poids des murs et des tuiles brisées. Elle entend ses propres cris et ceux de Bertrand, puis la douleur la terrasse, elle sent le frémissement de ses os, le sol se dérobe, le sang coule sur ses tempes et le sang coule le long de ses cuisses, elle voit son pantalon se teinter du sang qui sort de son ventre, un sang si rouge dans la nuit noire. Tout ce sang... Est-ce le sien ? Ou le sien ? Elle se souvient s'être allongée comme elle a pu dans les décombres, a laissé ses yeux se clore et a regardé son corps inanimé dans la remise tandis que son âme s'envolait. Elle a sombré dans la nuit qui a englouti tout espoir d'enfant.

Replonger dans les ténèbres. Se laisser filer. Rejoindre les morts qui jonchent le sol.

Elle s'abandonne à sa détresse et laisse Bertrand seul dans la chambre.

34

Plus tard dans la nuit, elle se réveille. La douleur à la tête s'est estompée. Elle bouge ses jambes et ses mains. Son corps a retrouvé une vigueur qui l'apaise comme un vent frais. Elle est seule dans sa chambre.

Elle peut penser.

La pièce est plongée dans le noir, mais elle y voit parfaitement clair. Elle est lucide.

Il lui semble même que son acuité atteint une sorte de paroxysme.

C'est évident.

S'il avait été dans la remise, ils auraient trouvé son corps. Et Bertrand lui en aurait parlé.

C'est évident.

S'ils avaient trouvé un corps. Surtout celui d'un enfant. S'il n'a rien dit, c'est qu'il n'y avait rien.

Son discernement est total.

Il n'y avait pas de corps d'enfant sous le toit effondré.

Il n'était pas dans la remise quand c'est arrivé. C'est évident. Elle le sent de toute sa chair de mère. C'est ça, être mère.

Elle tourne la tête vers la porte. Tout est paisible. Pas de sonneries effrayantes, pas d'agitation dans le couloir. Personne ne meurt ce soir. Elle respire calmement. Personne n'est mort.

Puis il est là. Il a poussé la porte et est entré dans la chambre. Ses pieds légers ne troublent pas le silence. Elle reconnaît la silhouette fine comme un ruban. Il s'avance vers le lit et elle peut voir son visage plat, ses yeux sombres comme du graphite, son sourire ténu qui trouble à peine sa face de lune. Il avance comme une ballerine, du bout des pieds.

Elle lui tend la main.

Il déplie ses doigts filiformes et touche la paume d'Anna, la peau à l'intérieur de son bras. Le frôlement est si délicat qu'il lui semble que les doigts se fondent dans sa peau, comme dans une eau.

Il se tient près du lit. Si petit devant le grand lit. Son visage est tout contre celui d'Anna. Ils se regardent.

Le regard dure. L'enfant ne cille pas. Il offre ses pupilles immobiles comme une mer dans laquelle Anna plonge.

Il sourit. Son sourire soigne toutes les plaies et console toutes les peines.

Dans les yeux de l'enfant, Anna lit ce qu'il ne dit pas.

Dans le sourire de l'enfant, elle entend les mots qu'ils ne prononceront jamais.

Ils se regardent et échangent l'amour inconditionné, la confiance éperdue, le don de soi.

Ils échangent des étreintes retenues, la douceur d'une peau jamais caressée, l'odeur d'une chair qui restera inconnue.

Il parle sans un mot et elle l'entend. Il dit qu'il est heureux maintenant qu'ils se sont trouvés et qu'ils se sont aimés. Rien ne remplace l'amour d'une mère. Il la remercie.

Il ne l'oubliera pas.

Mais il doit partir.

Avec ses yeux, elle se rebelle, elle voudrait le retenir, il est trop tôt, comment vais-je faire maintenant, sans toi ?

Elle lit le pardon qu'il demande, mais le voyage inéluctable va continuer, dont elle ne sera pas.

Elle doit comprendre, elle comprend, n'est-ce pas ?

Il la rassure. Si ce n'est pas lui, ce sera un autre. Une mère a le cœur assez grand pour aimer tous ses enfants.

Elle lit la supplique dans les yeux de lune, ne pleure plus, maman, je t'aime comme tu m'aimes, ce n'est la faute de personne, pardonne-moi, pardonne-leur. Sois heureuse.

Il va partir et partout où ses pas le mèneront, il pensera à elle.

Le regard dure encore, mais déjà elle sent qu'il s'en va. Ses yeux deviennent liquides comme du sable, sa silhouette s'effiloche, son corps se recroqueville, une araignée qui agonise. Perdure encore le sourire en croissant de lune, puis plus rien. La chambre est vide, la porte close et le grand silence dans les couloirs.

Elle repose sa main et bâille. Elle est tellement fatiguée. À côté de son lit, les écrans sont striés de courbes, des lucioles dans un marécage qui attestent qu'elle est bel et bien vivante. Elle coule dans un sommeil sans rêves.

35

L'infirmière au téléphone ne pouvait cacher son enthousiasme, c'est à peine croyable, votre femme a dévoré son petit déjeuner, elle s'est levée, a fait une toilette et a même demandé à s'asseoir. Les progrès sont fulgurants, hier encore si abattue et aujourd'hui…

Bertrand roule à toute allure tant il est pressé d'arriver.

Elle va mieux. Il ne sait pas pourquoi mais elle va mieux. Il l'a quittée hier qui sanglotait en évitant son regard et ce matin elle le réclame. Elle mange, s'active. C'est un miracle, une résurrection. Peut-être même pourra-t-elle quitter l'hôpital d'ici quelques jours… Fêteront-ils Noël à la maison ? Il n'ose y croire, de nouveau il espère.

Parlera-t-elle ? Comprendra-t-il ? Il repousse les questions, elle va mieux, c'est l'essentiel. Ils vont reprendre leur vie, rentrer à la maison. Les souvenirs s'estomperont et bientôt ils ne pourront plus se rappeler. La remise, quelle remise ? Ils finiront par oublier. Le jardin leur paraîtra avoir toujours été de la sorte, les arbres auront grandi vers le ciel et avec eux l'espoir, ils ne se souviendront plus de l'hôpital, du prénom des infirmières, il aura oublié le doute dans les yeux du médecin, les soirées ponctuées des bruits de machine, le corps statufié dans le lit, la roideur des doigts. C'est comme tout. On finit par oublier et on vit comme avant, comme si rien ne s'était passé. Qu'on fasse semblant ou qu'on soit sincère.

Il roule vite. Il a hâte de revoir le visage d'Anna, le noir de ses yeux dans lequel il puise la force, le noir qui le maintient debout, le granit compact sur lequel il prend appui.

Il passe les vitesses avec nervosité. Et s'il arrivait trop tard ? Elle pourrait basculer encore, vouloir le quitter encore, que rapporte-t-elle de ce voyage délétère, quelles cicatrices, est-elle toujours la même, oui, c'est la vraie question, est-elle toujours la femme qu'il aime, peut-il avoir confiance, comment ne pas craindre qu'un jour elle ne reparte, peut-être définitivement cette fois-ci ?

Il roule encore plus vite. Il se moque des limitations de vitesse, des feux rouges, des sens interdits, des dangers. S'il se fait arrêter, il dira que c'est une urgence. C'est une urgence.

Il a peur de ce qu'elle a à dire. À quel point est-ce important qu'il sache *vraiment* ce qui s'est passé, qu'il comprenne *vraiment* ? Parfois le silence a ses vertus, c'est bien connu. Cultiver l'ignorance, préserver l'innocence. Et si elle ne parlait pas ? Et si elle pouvait ne jamais parler ? Alors vraiment, tout serait comme avant. Oui, ce serait idéal, qu'elle ne dise rien.

36

Anna tente de suivre le pas de l'infirmière, malgré ses jambes encore fatiguées. Elle ne veut pas les ralentir. La fille pourrait changer d'avis.

Elle quitte l'hôpital demain. Hier, on lui a retiré son pansement. Elle a caressé la peau rasée autour de la cicatrice et le médecin l'a rassurée, bientôt les cheveux repousseront et masqueront la trace, il n'y paraîtra plus. Elle a souri et sans doute a-t-il pensé qu'il avait su trouver les mots pour l'apaiser. Quand il a quitté la chambre, elle a compris que c'était fini, qu'elle allait rentrer à la maison avec Bertrand, dans leur cocon de soie, tous les deux tout seuls comme avant, et une pensée a germé qui n'a cessé de croître durant la journée, une dernière folie avant de laisser derrière elle ses rêves avortés.

Elles filent dans les couloirs silencieux. Il est presque minuit. L'agitation de la journée s'est évanouie dans la nuit. Elles prennent l'ascenseur. Elles sont seules. Les néons violentent le reflet de leur visage. L'infirmière regarde ses ongles. Elle est embarrassée, pense Anna, je la mets dans une position compromettante. Peut-être regrette-t-elle d'avoir accepté. Elle lui a demandé la veille pendant qu'elle faisait ses soins, elle a expliqué ce qu'elle souhaitait, bien consciente de la bizarrerie de sa requête mais tant pis, elle s'est lancée et a raconté son histoire en commençant par les derniers événements puis, de fil en aiguille, elle est remontée plus loin, a donné des détails, la canicule d'août, les lettres dans l'appartement d'Ava, les larmes de Tina. L'infirmière écoutait sans interrompre Anna qui parlait sans trop y croire, pourquoi prendrait-elle de tels risques pour une inconnue, peut-être même allait-elle rapporter ses propos aux médecins, la dénoncer, c'était peine perdue. Quand l'infirmière a murmuré, c'est d'accord, je viendrai vous chercher vers vingt-trois heures, Anna s'est tue et l'a laissée finir ses soins. Leurs regards ne se sont pas croisés et elle est partie sans se retourner. Toute la journée, Anna a douté mais l'infirmière est arrivée à l'heure dite et Anna s'est levée de son lit tout en pensant que certaines choses ne s'expliquent pas.

Dans la lumière crue de l'ascenseur, elle pose une main sur son avant-bras, merci, merci de faire ça pour moi. L'infirmière ne relève pas la tête. Par ici, murmure-t-elle quand la porte s'ouvre.

Ici les couloirs sont peints en rose et jaune, des frises serpentent sur les murs et dessinent une forêt de rubans. Un sapin chargé de guirlandes trône devant le comptoir d'accueil, à son pied des cadeaux. La plupart des portes sont closes.

Elles ne croisent personne. Anna porte une robe de chambre et ses chaussons glissent sur le sol en silence. Elle a attaché ses cheveux en tresse. Elle est tout à fait crédible.

Elles s'arrêtent devant une porte et l'infirmière lui demande d'attendre. Elle reste seule dans le couloir bariolé.

Au mur sont punaisés des dessins d'enfants. Les mêmes motifs reviennent comme une rengaine, des bonshommes de bâtons et de bulles, des soleils. Une main malhabile a écrit « pour maman ». Anna s'approche de la fenêtre. Les lampadaires trouent l'obscurité et dans leur halo orangé virevolte un plumetis de flocons, si légers qu'on ne peut dire s'ils tombent ou s'ils s'envolent vers la nuit. C'est la dernière étape. Elle fait ce qu'elle est venue faire puis elle se le promet, elle retourne à la vie.

L'infirmière ressort. C'est le bon moment, tout est calme à la nurserie. Mais il faut faire vite quand même.

Elles entrent dans la pièce à peine éclairée. Une douzaine de petits lits en plastique transparent sont dispersés çà et là. Hauts sur leurs jambes à roulette, on dirait des sauterelles métalliques. À l'intérieur, un désordre de duvet et de chair rose.

Anna met ses bras en corbeille et attend que l'infirmière y dépose un petit. Lequel ? Peu importe.

La fille se dirige vers un berceau. Elle saisit avec précaution le bébé endormi. Il porte un petit chapeau bleu.

C'est si léger.

Un autre, pour voir la différence.

Un troisième.

Ils sont si légers. Ils sont une vie mais quand elle n'a que quelques heures, la vie ne pèse presque rien, un souffle si ténu qu'on le devine à peine. Elle voudrait tous les porter, jauger leur poids, évaluer leurs différences, c'est fou comme on peut les distinguer, s'étonne-t-elle, si récemment arrivés dans ce monde et déjà si singuliers. Il y en a des chauves et d'autres chevelus, des maigrelets et des dodus, des tordus, des gracieux. Si seulement elle pouvait tous les palper, éprouver leurs joues, pincer leur tout petit menton, soulever leurs paupières, les compter, les répertorier, les cataloguer... Elle attrape les doigts, fragiles comme la tige d'une fleur, la vie y coule mais si elle se brise... Elle enserre un poignet, le bras semble à peine articulé, à peine relié au reste du corps, elle soulève, tire...

Ça suffit maintenant, dit l'infirmière, il faut partir.

Il est si petit. On dirait une poupée. Toute sa masse est relâchée dans ses bras. Si elle le lâchait, il tomberait lentement, comme une plume tournoierait vers le sol, à peine aspiré par la gravité, si elle le lâchait, il voguerait dans les airs parmi les flocons de la nuit… Si elle le gardait… Il est si petit, elle pourrait le glisser dans son sac et lui faire un lit douillet, courir dans les couloirs, sortir dans la nuit et s'envoler vers l'immensité blanche. Elle ferme les yeux, la terre tourne, elle vacille.

Une main ferme la retient. La main résolue de l'infirmière. Qui la ramène à la réalité de la nurserie, à la perfection du monde. La main ne lâche pas sa prise. Il faut rentrer, dit-elle.

Anna repose le bébé sur son matelas et suit l'infirmière, accrochée comme une aveugle à son bras.

Voilà. J'ai porté un bébé dans mes bras.

37

« Viens, allonge-toi, ne te fatigue pas avant de partir, je vais terminer. »

Bertrand attrape le sac des mains d'Anna et la pousse doucement vers le lit. Elle s'étend et le regarde faire. Il vérifie les rayonnages, les tiroirs, entre et ressort de la salle de bains, se penche sous le lit. Il glisse les pantoufles dans la poche extérieure du sac et le pose devant la porte. Là, tout est prêt, on n'a rien oublié. On a le temps. Repose-toi encore. Il se tient devant le lit et lui sourit, un peu essoufflé, un peu rouge, nerveux. Il tourne la tête vers les placards grands ouverts et cherche encore. Plie une couverture. Gagne du temps. Il veut tellement bien faire.

Viens près de moi, allonge-toi.

Il s'arrête de fureter et la regarde, étonné. Moi, m'allonger ?

Oui, près de moi.

Ils se serrent sur le lit étroit. Comment caser ses longues jambes, Bertrand se tortille, pousse-toi un peu, tu prends toute la place, ils rient puis se taisent, gênés. Anna saisit la main de Bertrand, glacée et moite, et pose son visage contre son torse pour qu'il ne puisse pas voir son regard. Elle joue avec les doigts, grands, si grands.

Bertrand.

Oui, Anna.

Écoute-moi.

Oui, Anna.

J'ai aimé un enfant.

Anna.

Oui, Bertrand, un enfant. Il s'appelait Jean. Il vivait dans la remise.

La remise. Anna, mon amour, je t'en prie.

Non, Bertrand, écoute. Il est arrivé le lendemain de la mort de maman. Le jour, il partait et, la nuit, il revenait pour dormir dans la remise.

La mort de ta mère. Le jour. La nuit. Tais-toi.

Écoute-moi. Il faut que je te dise. Il est resté jusqu'à la tempête. Quand il n'a plus eu de toit, il est reparti.

Anna. Arrête.

Bertrand. L'enfant était blanc comme la lune. Il a dansé pour moi, dans le jardin. Je le regardais depuis notre chambre.

Je t'en supplie. Je ne veux pas en entendre davantage. Je veux rentrer à la maison, c'est tout. Ne dis plus un mot.

Il est venu me dire au revoir, ici, à l'hôpital.

Anna, pourquoi me fais-tu ça ? Je ne peux pas t'entendre. Je veux juste te retrouver.

Bertrand, il faut me croire. Il était brun, un vagabond, un danseur, un musicien. Un enfant magnifique.

Un enfant magnifique.

Oui.

Alors, dis-moi, pourquoi ne l'ai-je jamais vu, cet enfant magnifique, s'il vivait dans notre remise ?

Bertrand, il est parti maintenant. Il n'y a pas de raison de se fâcher. Si tu te fâches, je ne pourrai pas rentrer avec toi.

Anna. Je veux que tu rentres avec moi.

Alors, écoute-moi. Ce n'est pas compliqué. Écoute juste. Si tu veux que je rentre avec toi.

Oui, Anna, je t'écoute. Je veux que tu rentres avec moi.

Écoute la suite. Bertrand.

La suite. Il y a une suite.

Oui.

Oui…

J'ai aussi pensé que j'attendais un enfant. De toi, un enfant dans mon ventre. Je l'ai senti grossir, bouger.

Un enfant de moi. Anna.

Il était là et ensuite il n'y était plus. Lui aussi s'en est allé.

Lui aussi.

Bertrand, j'ai aimé deux enfants. Deux drôles d'enfants. Je les ai aimés sans les connaître, ni les toucher. Mes enfants. Un peu vrais, un peu faux. Enfants de pacotille. Enfants chéris. C'était si bon de se penser mère.

Se penser mère.

Bertrand, je n'ai pas trouvé les mots pour te le dire. Pardonne-moi. Je t'ai menti. Je les ai aimés sans toi, c'était injuste. Tu ne le mérites pas. Tu aurais dû savoir. Tu aurais fait un bon père. Maintenant ils sont partis. Il n'y a plus de remise. Plus de bébé. Pardonne-moi. Maintenant, je veux revenir à la maison.

Tu veux revenir à la maison.

Veux-tu toujours de moi malgré mes mensonges ?

Anna… C'est moi qui te demande pardon.

Tu me demandes pardon ?

Oui, Anna, pardonne-moi. Je n'ai rien compris. Je n'ai pas su t'accompagner. Je n'ai pensé qu'à moi, à mon confort, toi à mes côtés, toujours, que rien ne change, voilà ce que j'ai pensé. Je n'ai pas su me préoccuper de toi. Pourtant, maintenant que je t'entends, c'est évident. J'aurais dû prendre soin de toi, te faire comprendre que tu pouvais tout me dire. Me parler de tout… Même de tes enfants.

J'aurais pu t'en parler…

Oui, tes enfants, tu aurais pu m'en parler. Je crois même… que je les aurais aimés.

Tu les aurais aimés…

Je les aurais aimés parce que tu les aimais. Je les aurais désirés. Comme tu les as désirés. Je t'aurais accompagnée.

Maintenant c'est trop tard. Ils sont partis tous les deux.

Bien sûr que non. Il n'est jamais trop tard. Je les aime comme je t'aime.

Bertrand…

Anna, écoute-moi à présent. Nous allons rentrer à la maison. Repose-toi. Ferme les yeux.

Si je ferme les yeux, je vais dormir. Je suis si lasse. C'est comme une vague qui se retire et me laisse sans force sur le rivage. Bertrand, ne me laisse pas partir.

Ne t'inquiète pas. Endors-toi contre moi quelques minutes. Nous trouverons une solution. Pour tes enfants et pour tout le reste. Dors un peu, ensuite nous rentrerons à la maison. Nous ne dirons pas un mot de tes enfants, qui pourrait comprendre ? Anna, tu ne dois parler à personne de tes enfants. Ce sera notre secret. Tu me promets, Anna ? C'est important, à personne.

Notre secret. À personne. Bertrand, je m'endors. Je te promets.

Dors en paix. Tu auras autant d'enfants que tu le souhaites. Et je les aimerai tous, du premier au dernier. Notre maison sera pleine des rires de tes enfants, des blonds comme moi et des bruns comme toi. Endors-toi. Tout à l'heure, on rentre à la maison et on trouvera une solution. Ce sera notre secret.

Bertrand sent la respiration d'Anna se faire plus lourde. Il caresse son épaule et regarde par la fenêtre. Les flocons de neige se déposent sur le rebord et agencent des petits monticules poudreux qui tracent un nouveau paysage escarpé de canyons, de précipices et de hauts plateaux. Il faudra s'y habituer. C'est à ça que ressemble le monde à présent.

38

Luciana est en train de passer la serpillière dans la salle de bains quand un éclair doré jaillit de la poubelle. Elle s'arrête et inspecte les papiers froissés. Oui, il y a bien quelque chose au milieu des détritus.

Poubelle à la main, elle se relève, déplie son dos douloureux et la pose sur le rebord du lavabo.

Ce n'est pas très agréable de fouiller les ordures, encore moins dans un hôpital. Mais Luciana n'est pas du genre à s'effrayer pour si peu. Sa courte existence s'est déjà chargée de l'endurcir. Elle sait qu'on n'a rien sans rien.

Elle faufile la main dans le méli-mélo des mouchoirs en papier et des emballages éventrés. Le scintillement coule tout au fond. Elle le rattrape et contemple sa trouvaille.

Dans sa paume, c'est de l'or qui brille. Le bijou s'est recroquevillé en un petit tas informe, comme effrayé d'avoir été arraché à sa cache. Quelques cheveux noirs sont pris dans la chaîne.

Elle les retire des maillons. Un bijou en or au fond d'une poubelle. On aura tout vu. Elle évalue la masse en tâtant avec son index. Il doit bien y avoir vingt grammes d'or.

Elle se souvient de la femme qui a occupé cette chambre. De son visage sombre, de ses cheveux et ses yeux comme du charbon. Une arrivée en fanfare. Les urgences sous leur meilleur jour. On l'avait droguée pour la calmer. Elle avait dormi pendant plusieurs jours et, à son réveil, elle avait pleuré sans discontinuer. Pourtant, son placard débordait de vêtements, tous les médecins étaient auprès d'elle et son mari, un homme comme elle n'en aura jamais, l'avait appelée mon amour.

Elle déroule la chaîne. Un tour de cou, assez court. Y est enfilée une croix, à l'intersection de laquelle brille une pierre rouge, sûrement un rubis. Le pendentif oscille dans le vide et palpite comme un phare. Elle referme le poing et attend quelques secondes. Quand elle rouvre la main, la pierre a gagné en intensité et répand une lueur à laquelle il est impossible de résister.

Luciana est catholique, croyante et très superstitieuse. Elle observe la croix durant quelques secondes, pétrifiée par sa découverte. Ce genre de chose n'arrive pas par hasard. De ses mains tremblantes, elle tend le collier et le porte à sa gorge. Osera-t-elle ?

Bien sûr, elle ose. Si on ne saisit pas sa chance quand elle passe, alors on ne peut s'en prendre qu'à soi-même. Ce serait presque un péché d'orgueil de ne pas comprendre le signe. Elle accroche le fermoir dans sa nuque et défait les premiers boutons de sa blouse pour mieux voir dans le miroir.

La femme brune est partie ce matin, dans la chaise roulante que son mari a réclamée pour la conduire à leur voiture. Trop faible pour marcher, a-t-il dit. Elle se tenait recroquevillée sur le fauteuil, agrippée aux accoudoirs comme si elle pouvait tomber. Dans le couloir, ils se sont éloignés et tandis qu'elle passait la serpillière, elle a suivi du regard l'attelage, l'homme dans son long manteau bleu nuit manœuvrant la chaise aux roues grinçantes. Des chichis. Il y en a qui ne connaissent pas leur chance.

Dans le miroir, elle scrute son visage blond. À la base de son cou, la croix s'est nichée contre sa peau diaphane. Elle ne sait pas qu'elle est jolie – on ne lui a jamais dit. Son visage est semblable à des milliers d'autres visages, celui des filles de son village et des villages alentour, à l'est de l'Europe. Ses cheveux sont dissimulés par la coiffe réglementaire de l'hôpital, une vilaine charlotte en non-tissé. On dirait une capuche de pluie – Dieu, qu'elle déteste cet accoutrement. Du bout des doigts, elle éprouve le relief, le serti, se familiarise avec le bijou. Le rubis rougeoie comme une braise.

Quand les larmes de la femme se sont taries, le masque de pierre n'a pas disparu. Le matin, quand Luciana venait faire son travail, elle ne répondait pas à ses bonjours. Elle fixait les yeux au plafond, une indifférence que rien ne pouvait troubler, même quand Luciana secouait son chariot pour que s'entrechoquent les flacons ou quand elle a cogné avec son balai un pied du lit, pas trop fort, juste pour voir.

Une morte dans un corps vivant.

Dans le miroir, le temps d'une seconde, les traits de la femme se superposent aux siens puis s'estompent. Seul demeure à son cou le bijou. Une énergie incandescente s'en dégage, qui la galvanise. Elle arrache sa coiffe, laisse ses cheveux se répandre sur ses épaules et sourit au miroir. Une jeune femme blonde qu'elle ne connaît pas répond à son sourire. Elle porte la croix à ses lèvres.

Ce n'est pas du vol. À chacun de prendre soin de ses affaires. Elle retire sa blouse et la jette par terre. Elle défroisse ses habits, un dernier regard à la salle de bains étriquée, et elle sort de la chambre, sans refermer la porte comme le voudrait la consigne. La serpillière et le chariot de ménage restent comme des reliques. Le soleil darde un rayon à travers la fenêtre et diffracte le bleu, le vert, la blancheur savonneuse des produits d'entretien.

Luciana enfile le couloir jusqu'au local où elle récupère son manteau et quelques affaires personnelles. Elle ne prête pas attention à ses collègues qui l'interpellent et lui demandent où elle va. Elle attend l'ascenseur – celui des visiteurs – et se regarde encore dans le miroir pendant la descente. La grâce qui émane de son reflet l'émerveille. Elle traverse le hall et sort dans le jardin enneigé qui entoure l'hôpital. Ce qu'elle va faire aujourd'hui ou demain, elle n'en sait rien, mais dans sa main, la croix en or est un prodige. Elle emplit sa poitrine de l'air glacial. C'est une belle journée d'hiver comme elle les aime.